文春文庫

突撃 三角ベース団

椎名 誠

文藝春秋

突撃 三角ベース団 目次

突撃　三角ベース団

イラスト　沢野ひとし

深夜突風

昨年十二月にしばらく居たスイス人の怪青年にかわって、一月からチベット人の青年が我が家に居候している。日本語を習いにきているので長期滞在となるから、積極的に日本食になじもうとしているようだが、なにしろチベットと我が国では極端に食の習慣がちがう。主食のツァンパ（むぎこがし）や、肉、チーズ、バター茶という山岳濃厚食生活からいきなりコメ、ミソ、ショーユの穀物食の世界に入ってくるのだからなにかとタイヘンなようだ。

きて一、二週間どうも食が細い。長身大柄な男なので心配である。いろいろ聞いたらどうもかつおぶしのだしのにおいがダメらしい。びっくりした。思った以上に根本からちがうのである。

しかもその家のあるじ（ぼくのことですが）が大の魚好きときている。チベット人は魚をたべない。刺身なんていうのは聞いただけでひっくりかえりそうになる。その感覚を置きかえると、中国の一部の人々が猿の脳ミソを食う——というのにおどろく我々の気分のようなものかもしれない。

この冬はこの彼我の食文化ギャップをさらに刺激するかのようにあっちこっちから強烈な魚の贈り物があった。まず北海道の知りあいから巨大な寒鱈《かんだら》が送られてきた。丸ごとの氷詰めである。

一月にたべるタラチリは最高である。チベット人はおずおずとタラチリに挑んだ。彼にとっては決死隊の気分であったろう。

その翌週は八丈島の友人からどでんと巨大なかつおが送られてきた。重さをはかったら十キロある。好きだから日本中でかつおを見ているが、こんなでっかいのを見たのははじめてであった。まさに砲弾のような恰好をしている。

さっそく出刃包丁ふりかざしてタタカイに挑んだがとにかくでっかくてなかなか首が切り落せない。見かねてチベット青年が手伝ってくれた。首からかなりの鮮血が流れおち、なんだか血みどろのタタカイになってきた。皮剝《は》ぎは二人がかりだ。殺生を嫌う心やさしきチベット人ははからずも無惨な殺戮《さつりく》の共犯者になったような気分だったろう。新鮮なかつおは手でひんむくようにして皮を剝ぎとっていくことができる。奮闘三十分。漁師や魚屋ならもっとずっと手ぎわよいだろうが、まあしかしよくやったと思う。そしておそらくチベット数千年の歴史の中でかつおの生皮を剝いだチベット人は彼がはじめてであろう。さっそく刺身でイッパイやったがチベット青年はまだ刺身は駄目で呆然と見ているだけであった。

チベットの正月は陰暦で、二月七日だった。我が家の居間の一角にチベットの正月の飾りものができている。お供えものはムギコガシ、ヤクの干し肉、干しチーズ、干し柿である。用意できるものはこの程度で質素なものだが、彼には心やすらぐ空間になっているのだろう。

テアトル新宿で、ぼくの監督した映画のオールナイト上映があった。夜九時半からスタートで、五十分ほど挨拶がてらのヨモヤマ話をする。立ち見客も大ぜいいて有難いことだが、オールナイトで立ち見というのは無理だから、劇場側がザブトンを出してくれた。だから座席に座れない人は通路のザブトン席で、しかしこれも大変そうだ。

映画は四本立てで朝までやるが、ぼくは一時すぎにそこを出て、クルマで幕張メッセにむかった。この時間だからたちまち着いてしまうだろうという考えは甘く、首都高速も湾岸道路も深夜の工事が行なわれていてものすごい渋滞なのだ。また今年も年度末の工事集中の季節になったのだ。毎年思うのだが、期間内に予算をつかうための春の工事集中というのは、そこにあるまんじゅうを食えるだけ食ってしまえとみんなであせっているみたいで、考えかたがあまりにどうも子供じみていやしないだろうか。

などとブツブツ文句いいつつ三時に幕張メッセのプリンスホテルに到着。シャワーもあびずすぐさまベッドにぶったおれた。海からの突風がすごい。そろそろ春の風だろうか、深夜突風だ。

朝八時におきた。海に面した角部屋で四十階からの眺めがすばらしい。春霞がやわらかい。東京湾もまだまだけっこうヤルじゃないかと思った。前日まで大阪のヒルトンホテルに三泊していた。二十八階の部屋から街を眺め、これをひとことで表現すると濃密都市というのだろうな、などと考えていたのを思いだしたりした。

大阪にいる間、知人にお好み焼屋につれていってもらったが、東京ではあまり男はお好み焼屋には飲みにいかないような気がするが東西の違いだろう。その店はやたら威勢がよくて注文を叫ぶようにして聞く。何か用をたのむとやはり叫ぶようにして「よろこんで!」と言う。

「このグラス片づけて下さい」

15　深夜突風

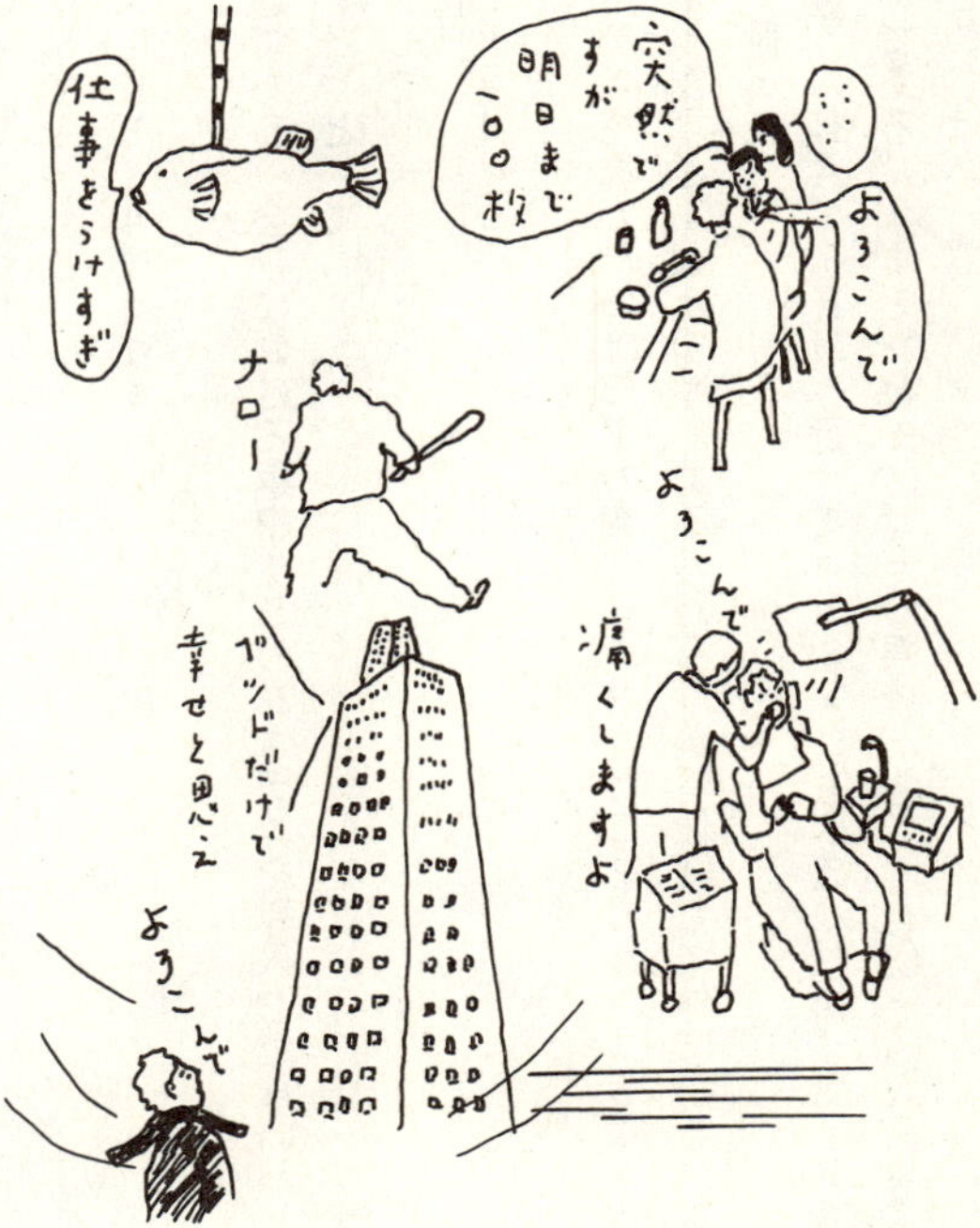
仕事をうけすぎ
突然ですが明日まで一〇〇枚
……
よろこんで
ナロー
よろこんで痛くしますよ
ブッドだけで幸せと思え
よろこんで

「ハイよろこんで!」

「ビール三本いそいで下さい」

「ハイよろこんで!」

「さっき注文したビールやめます」

「ハイよろこんで!」

という具合である。会社における返事もこのシステムを導入したらいいと思った。

「このコピーとっといて」

「ハイよろこんで!」

「今日二時間残業して」

「ハイよろこんで!」

プリンスホテルで驚いたのは部屋の案内パンフのどこをどうみてもルームサービスがないことであった。こんなホテルがあるのだろうか。仕度して外に出るのもいやなので二時までまた睡った。

三時半に近くのBAY・FMへ行ってユーミンと生放送の対談。海と夕陽の見える贅沢なスタジオである。ユーミンとモノゴトの興味があちこち似ているのでおどろいた。緊張したがここちはいい。

父母の墓まいりをしていこうかと思ったが、街に出るともう暗くなり、また突風が吹いてきたので、そのまま東京方向へ戻った。ラジオをつけるとＢＡＹ・ＦＭでまだユーミンの番組をやっていた。突風に雨がまじり、さらに激しい〝春〟ちかしを感じた。

流氷とホーキ星

登山家の越谷氏と知床半島の羅臼《らうす》へ行った。流氷が接岸していて海全体が白い。その先に国後島《くなしり》が思いがけないくらいの近さで見える。山の上は雪がびっしり覆っている。我々の上を凍るような風が吹き抜けていく。先発していた岡田昇、谷浩志が雪の海岸にテントを張って待っていた。二週間前に日本の最南端の島で呆然空気頭のフヌケキャンプをしていたので北の端へ行って少し頭を凍らせ、思考能力を取り戻そうという作戦なのだ。

テントの中に寝袋をひらいて、相泊から先の海岸沿いをクロスカントリーで入っていった。夏はコンブ漁でにぎわうこのあたりも今は厚い雪に覆われて人の姿はまったくない。わずかに大鷲が舞っているのが見える。スケソウダラを狙っているのだ。大きいやつは羽根をひろげると二・五メートルもあるらしい。

「タタミがはばたいているようなもんだよ」と、写真家の岡田が言った。彼はかつてこの羅臼に半年ほど越冬し、ずっとこの鳥を追っていたことがある。

陽が落ちるときしきし音をたてるように温度が下がってくる。目の前で流氷が動いている。びっしりと隙間なく積み重なるようにして接岸するオホーツク海側の流氷とちがって、このあたりのはタタミ六〜十五帖ぐらいの平らな皿型の流氷で、風や海流の具合によって一晩のうちにすっかり沖へ流れ出ていってしまったりするそうだ。

焚火をこしらえてトド肉を焼く。鯨肉をもう少し獣寄りにしたような味で、地元の人はコショーとショーユで食べる。そのとおりやったらこれがうまいのなんの。ビールはあまりにも冷たすぎるのでバーボンをのむ。行者ニンニクをどばっと焼いてかじる。うまいのなんの。風があまりないので焚火の火が素直に暖かい。

炎の中ではじける火の粉を眺めながら、書けずにいる小説原稿のことをチラリと思いうかべるが、どんどん確実にもうどうだっていいやあ、という気持になっていく。

テントのそばに置いてあったポリタンクの水が早くも凍っているからマイナス十度ぐらいにはなっているのだろう。

東京を出るとき知りあいの会社経営者に知床へキャンプに行くんだ、と言ったら「ビョーキだねえ」と言われた。そうかもしれないなあ。

もう話すこともなくなって九時には寝袋に入った。三人用テントの一番奥にころがっている自分の寝袋に這い寄っていって、そこにもぐりこみ、首の紐をぎゅうとひっぱってでっかいテルテルボーズと化し、闇の中で目をつぶるとき、人生のシアワセを感じる。このゆるぎない安堵感はいったいナンなのだろう。

焚火のまわりにはまだ二人残って呑んでいる。ときおり吹きつけてくる風がテントをたたく音と焚火のはぜる音がほぼ交互に聞こえてくる。

このシアワセのやすらぎはとりあえず自分だけのものだ。どうだどうだ！ と迫りくる強烈睡魔の入口でつぶやく。

どーだどーだ……。

午前四時頃岡田の声で起こされた。夜明けまでまだ二時間もある。

ヘール・ボップ彗星が見えるのだという。彼は星にココロを奪われた男でもある。羽毛服をひっかけて外に出た。国後島の真上からまっすぐ落下するように長くて広い三角

オーイ
たすけてくれーッ
島をかえせ
春をかえせ
妻をかえせ

形の尾をひいている妖しい星が見えた。尾の長さは見かけは月の六倍ぐらいある。流氷とホーキ星だ。再び焚火の火をおこし、頭の上の沢山の星を見る。呑み残しのウイスキーをシェラカップでぐいとのむ。知床にしてはめちゃくちゃに暖かい晩だそうだ。しかし暖かさはその時間ぐらいまでで、再び寝袋にもぐりこみ、次に起きた八時には雪になっていた。荷物をまとめ、中標津《なかしべつ》へむかった。

その日はスノーモービルで山へ登ることになっている。雪はさらに激しくなり、風雪がしがし登山になってきた。しかしひるまず林道をぐいぐい登っていく。山腹に露天風呂があった。あたりは深い雪また雪で、温泉だけがいくら雪をのみこんでもけなげにあつい。せっかくここまできたのだからひと風呂あびていこう、ということになった。雪の吹きこむ脱衣所の濡れていないところを捜して服を置き、ザブンと湯にとびこんだ。白濁してねっとりと体にまとわりついて全身がくねくねするような悪女の深情的あやし湯だ。頭にタオルをのせておかないとたちまち雪の帽子をかぶってしまう。いやはやコレハコレハであるがしかし気持がいい。

木の塀のようなしきりをへだてて男湯と女湯に分れている。こんなときにもし女湯に誰か女が一人入っていたらそいつは絶対この世のヒトではないだろうなあ、しかし雪女じゃ溶けてしまうだろうなあ、と相変らずどうしようもないことを考えつつ、風呂から上って服を着るときのわずらわしさを考える。まだ山の頂上はこれからなのだ。

いくつか谷をこえて、十二時すこし前に頂上についたが、しかしあたりは吹雪となっていて何も見えない。手の先と足の先がじんじん痛い。また温泉に入りたいが今度入ったら出られなくなってしまうだろう。雪のとける四月まで露天風呂につかっている訳にもいかないものなあ。

羅臼に戻ると烈風が加わってものすごい荒れかたになっていた。もうテントは無理だから岡田がそのむかし世話になった民宿「石橋」に泊った。どおーんどおーんと風雪のたたきつける音を聞きながらあたたかいところで酒をのむのはあまりにも申しわけないここちのよさだ。

巨大なタラバガニと熊の手の料理がでてきた。熊の手は右手のほうがうまいそうである。くずきりと味がよくあう。

夕食はウニ、イクラ、タラコの三色丼であった。とろとろの根コンブ入りの汁がまたどしーんとうまい。外はますます荒れている。明日のことなど考えずにさらに酒をのむ。

サヨナラカヌー犬

親友という言葉からいえば、かれはまさしく〃親友犬〃であろう。ぼくの飼犬ではないが、六年ほどわが家で預っていたこともあり、その後、いくつものキャンプ旅をしたり、かれを主役にした映画を撮ったりと、すこぶる親しい間柄であったし、再会するとまっさきに走り寄って互いの元気をよろこびあった仲だから、思いと絆《きずな》はひとしお強い。

その親友犬ガクが死んだ。函館のホテルで原稿を書いている時にそれを知らせる電話が入った。昨年からだいぶ弱っていたし、十五歳で老犬もいいところだったからそのことも覚悟していた。静かな死であったという。世界各地へ旅の多い犬ではげしい日々を送っていたが、まあしあわせな〃犬生〃をまっとうしたんだと思う。その世界では有名な犬だったから、病気で弱っているというのを聞いて〃ガクファン〃の女性などがよくガクあてに手紙など書いてきたりプレゼントを送ってきたりしたが（ぼくのところにもくる)、そういうのは無用である。ガクの死はアウトドア誌などでこれからいろいろ書かれると思うが、平凡な雑種のなかなか気のいい犬が死んだ、いい時代をすごせてよかったね、と思ってもらえばそれでいいのである。

それよりも全国で毎日ペットの犬が捨てられて野犬化し、それが集められ、毎日おびただしい数が殺されている。

動物実験で生体解剖まがいの状態で殺されているともいう。日本は食用にこそしないが、世界でも有数の犬虐待国でもある。ヘンな擬人化した犬への手紙を書くよりもそういうとらわれている犬や無責任な犬の飼い主たちのことを考える組織に加わってもらいたい。(地球生物会議=ALIVE☎03-5815-7522　自然と動物を考える市民会議☎03-3391-1733)

翌朝十時十分の飛行機に乗るために函館空港に行った。待合室に行くとテレビが三台置いてあって、それに向ってすべての椅子が並べられてある。どこに座っても目の前にテレビがある。三台とも別の放送を大きなボリュ

ームで流している。空港で静かに外の風景でも見ていたかったのだが、否応《いやおう》なしにテレビの音が耳にとびこんでくる。朝のテレビの音というのはけたたましい。二年ほど前からテレビを見るのを完全にやめてしまったので、なおさらその騒々しさを感じるのかもしれない。音から離れたくて遠い席にいきたいがそこはタバコの席で煙がすごい。

しかしそれにしてもどうしてあんなに大きな音にしておく必要があるのだろうか。三百人ぐらいすわれる座席のすべての人に音が聞こえるように、ということなのだろうか。でもうしろの席は三つのテレビの音がまじってただもうけたたましい騒音でしかない。もっと小さな音にして見たい人だけ前にいけばいいではないか。

ひとつのテレビでは相変らず女性レポーターというような人が頭のてっぺんから突きぬけるような声で叫んでいる。あれはもうほとんど絶叫しているとしかいいようがない。あの子供じみたカン高いカナキリ声を朝から聞くのは苦痛だ。どうして日本のテレビには大人の女がいないのだろう。別のテレビではワイドショーらしいものをやっていて、今度は関西弁の男が下品な早口のがなり声でなにかとめどなく喋りつづけている。もうひとつのテレビはマンガである。電子音をまじえたテンポの早いメチャクチャケタタマ音がずっとサクレツしている。これらの音がミックスしてロビーはなんだかもうわけがわからないコントン状態だ。

朝の空港にきて、目の前にひろがる広大な滑走路とその先の雪で白くひろがるたおや

春の雲になったんだね

かな風景をぼんやり眺めて、静かに頭の中をからっぽにしている、ということをどうしてさせてくれないのだろうか。すべての人がテレビを見ていたいと思っている訳ではないだろう。静かにしていたい人だっている。本を読んでいたい人だって沢山いる。げんにその日もテレビを見ている人は実際にはわずかなものだった。みんな仕方なしに音のするほうを見ているだけのようでもあった。静かにしていたい人の場所をどうしてつくってくれないのだろうか。これではまるで日本人は朝からみんなテレビを見ていなくてはいかん！ といっている国民みたいだ。

日本の空港というのはおしなべてみんなこのけたたましい電波騒音の中にいる。田舎の空港にいけばいくほどそうなる。空港関係のどういう立場の人がこういうしつらえの指示をしているのだろうか。

日本人は世界で一番音に鈍感であるといわれているが、本当にそうだと思う。いまぼくは三台のテレビ絶叫音のまん中で気が狂いそうだ。

このコラムにこういうことを書くと、「シーナさんはいつも怒っていますね」などといわれたりする。そんなことはない。ここのところはキャンプ旅が多く、ずっとヨロコビの話を書いていたしなあ。

「いつも怒ってますね」という人がいると、「あなたはどうして怒らないのですか？」と聞くことにしている。ぼくにはまだそんなにモノゴトのすべてを「よしよしその気持もわかる」などとひろい心でもってなにもかもやさしく受け入れる度量はない。それからまた鈍感で何も感じない人は怒りもしない、ということなのだろうとも思うのだ。

などなどいいつつその日、西麻布の山本耀司さんのお宅に行った。ある雑誌の対談のためだ。居間には薪《まき》ストーブが燃えていた。このあいだ羅臼《らうす》で流氷キャンプした時、その町の民家は殆ど石油系のストーブを使っていて薪がなかなか手に入らず一時間も捜したということを思いだし、よく薪が手に入りますね、と聞いたら、このあたりの家はけっこう薪ストーブを使っているところが多いらしく、雑貨屋で手に入るのです、という。いま北海道のさい果ての町よりむしろ都心の方に薪があるようだ。

山本耀司さんは終始すこぶる静かな話し方で、なにかといきりたつぼくの若僧ぶりをつくづく自戒させられた。それにしても山本さんは大人のいい男である。彼は空手の武術家でもあるからそれもうなずける。思えばぼくも昔のこととはいえ武術家ではあったのだけれどなあ。

面妖にしんそば

小説原稿の締切りが迫っていたし、このところ連日夜は酒を呑んでいたので、その日函館に一泊するのだが、ひさしぶりに今夜はいっさい呑まずにおとなしく仕事していようと思った。そこで函館の仕事で知りあった人々の生ビール、エビカニ豊富の夕食の誘いも断って（これはかなり勇気がいる）一人でホテルに戻った。

そのまま部屋で原稿仕事をし、九時にホテルの中のレストランに行った。座ったテーブルの目の前にサッポロ生ビールのポスターが貼ってあった。店の中にいる何組かの客はみんな呑んで声高に話をしている。日本のおとっつぁん集団は酒をのむとどんどん声が大きくなってくる。これはオバサンも同じだ。オバサンは酒をのまなくても数人集まればもうそれだけでうるさい。いや若い奴も男女別なく相当にうるさかった。つまり今は日本中全世代的にうるさいという訳なのだな。

で、まあその店のあっちこっちから聞こえてくるいかにも気持のよさそうな声高酔談と目の前のユーワク生ビールのポスターについくらくらとなりながらもココデ負ケテハオシマイダ……と静かに念仏もどきをとなえながら刺身定食を注文した。すばやく腹を満たしてしまえばなんとかなる。負けるものか！　おれも男だ！　といいつつゴハンをたべた。

しかしなりゆきとはいえ、函館まできて、この冬の一番サカナのうまいときに、一人でビールものまず刺身定食をもそもそたべていようとは思わなかった。しかもゴハンに対して〝男〟まで持ちだしてくるとは。でもこうなったら男でもバケツでもタンスでもなんでも持ちだしてしまうぞ。もう完全にヒラキ直っている。夕食にヒラキ直ってどうすんだ、という思いもあるがもうしようがない。

逆上したまま十二時半に睡った。

カーテンをあけたままだったので翌朝、窓から直射する太陽の光で眼がさめた。飛行機の時間までまだ二時間もある。朝食はホテルのすぐ近くにある駅裏市場を歩きひさしぶりに道南食堂に入った。日本の正しい港町朝食を出してくれる店で函館の朝の楽しみのひとつだ。カレイの煮つけに生ウニに切り干し大根にトーフと海草の味噌汁にあったかいドンブリめし。これらがテーブルの上に勢揃いしてどうだまいったか！　と言っている。まいりましたまいりました……とあやまりつつひさしぶりに味噌汁おかわり。

市場を回って、東京へ戻ってすぐ会う人のために、いくらのショーユ漬けとたらこを買った。朝がたはまだきりりと空気が痛くてさむい。店の人は道に石油カンの焚火をこしらえて、タラバガニなどを焼いている。

「たべていかないかね」などとしきりに声をかけられるが、もうおなかがいっぱいである。早朝食堂の並んでいる路地を通ると、朝から演歌が聞こえる。朝ではあっても風景とぴったり合っている。最近わかってきたのだが、北海道はどこへ行っても演歌が似合う。

翌日の夕刻、新宿の中村屋で北上次郎と対談した。テーマはこのところ長期下火傾向の「SF」。ひさしぶりに熱をこめて話した。そういえば「ハイペリオン」以来このところ熱中するSFを読んでいないなあ、ということに気がついた。終了後、一丁目に行ってひさしぶりに麻雀をした。酔っていたがひさしぶりに役満四暗刻《スーアンコ》をあがった。麻雀もこのところ長期下火傾向にあって、雀荘に客はあまりいない。むかしサラリーマンをしていた頃、銀座や新橋の雀荘はいつでもどこも満員だった。

新宿
50円
20円
カメラのドイ
やすい!!
早い!!
カメラ
南口本店
ホッとする
もうゆるしてくれ
もどってきたのね
マコトさんにしんソバは純情ですよ
ハイ
そうかい
東京はやっぱり良い
ただいまもどりました

雀荘も演歌が似合うところで、その頃いつも聞こえていたのは「うそ」と「くちなしの花」だった。うらぶれていていいのだなあ。

当時は会社の仲間と終電ぎりぎりまでタタカッテ、くたびれきって家に帰った。あの徒労感というのも思えばなかなかよかった。ああいかん、どうもこのごろなにかと懐古的よ、と妻に言われていたばかりだ。酒におぼれ、流されるような日々が続いているなあ。

新潮社から出る短編小説集、朝日新聞社から出る長編小説、本の雑誌社から出るエッセイ集の三冊のゲラが同時期に出てしまって、これに目を通さなければならない。少し前までは本のゲラを読むというのもけっこう楽しかったが最近は、まったく苦痛になってしまった。だってみんな自分の書いたものだものなあ、何が書いてあるか読む前からわかっている。自分の本であっても、何を書いてあるか読むまでわからない、なんていうのだったらいいのになあ、などとしようもないことを考えながら、ゲラの山を見てため息をつく。

次の日、京都までの日帰り旅行なので、一番厚いゲラを持っていった。新幹線はすいていたけれど、いまや新幹線の中はあっちこっちでケータイ電話のチリチリ音がすごい。ゲラを読んでいると退屈で睡くなってくるが、ウトウトしたところで前後の客のケータイチリチリ音で目をさます。迷惑なんだか有難いんだかよくわからなくなってきた。

京都から在来線に乗りかえて山崎まで行くのだが、昼食がまだだったので、ホームの上の立ち食いうどんそば店に入った。

「とろろうどん」にした。隣の男が「にしんそば」を食っている。ああそうか、京都だものなあ、そういえばはじめてにしんそばというのがあるのを知ったとき京のヒトはなんというおかしな組み合わせのものを食べるのだろうとびっくりした。そうしてはじめてにしんそばを食ったのが琵琶湖のそば屋だった。

思えばそれはこのあいだ死んだカヌー犬ガクがはじめてカヌーに乗った時のことであった。ガクは病院で死に、父ちゃんの野田さんはガクの死に目にあってなかったらしい。ガクの毛皮を野田さんが、犬歯をぼくが、それぞれカタミわけにもらうことになった。骨は南九州の日あたりのいいところに埋めることになった。

山崎からの帰りの京都駅で、さっき入った同じ立ち食いそば屋で「にしんそば」を食った。記憶の味よりまずかった。あれは関東人からするとやっぱりヘンなくいものだと思う。

怪奇日食

瀬戸内海に面した岡山県の児島という小さな、空気の光るいい町で一泊した。ホテルの窓から海を渡っていく本四架橋が見える。こうして高みから見ると瀬戸の島々はまさに〝密集〟というかんじであっちこっちに存在している。

その間隙《かんげき》をぬって大小さまざまな船がゆっくり右と左に動いていく。のどかないい眺めだ。

朝起きたときから天気の具合が気になっていた。高い空は春先特有の薄雲がひろがっているようだったが、なんとかなりそうだ。

今日は日食がある。朝刊ではこのあたり最大に欠けるのが九時五十分前後という。日食は小学生の時に鮮烈な記憶がある。先生に言われたとおり、ローソクでガラスにススをつけ、校庭でみんなして太陽を眺めた。皆既日食まではいかなかったが、かなりあたりが暗くなり、木の葉ごしのこもれ日がみんな三日月形になっているのを見て不思議な感動をおぼえた。先生の言うカイキ日食を怪奇日食とばかり思い込んでいた。自分の荷物やホテルの部屋の中のものをひととおり点検したが、黒くて透けて見えるものは何も見つからなかった。

ホテルの隣が遊園地で、その日は日曜日だったので、そこに行けばおそらくみんな日食を見ているだろうから、誰かにそんな「見るもの」をちょっとだけ貸してもらおう、と思った。

九時半に部屋を出て、にぎやかな音楽と人の声のする遊園地へ行ってみた。しかしアテがはずれた。見わたしたところ誰一人として空を見上げているヒトはいないのだ。人は大ぜいいるのだがみんなジェットコースターだのぶんぶん回るスピードカーなどで遊ぶのに忙しい。

太陽が真上にあった。あと二十分ぐらいで最大に欠ける時間だから、あたりがじわじわと不気味に暗くなってきていて、いかにも異様だ。やっぱり怪奇なのだ！　しかし日食を見ようとする人はどこを捜してもいなかった。まったく関心がないようであった。

あてがはずれてしまった。肉眼で太陽を見るのはやっぱり無理で、しかたなしにそこらをウロウロしているだけで、とうとう欠けていく太陽の姿を見ることはできなかった。

それにしても、いまの子供たちは日食などどうでもいいのだろうか。日食よりゲームやたまごっちなのだろうか。ものすごく気持のざわざわする宇宙ショーなのになあ、くやしいなあ、と一人で歯がみしていた。

でもしようがないか、こういうのがつまり現代ニッポンなのだろう。

今回の小さな旅は昨日の朝から街の中でいろいろ考えさせられるものと出会った。新幹線にのるために久しぶりに朝の混みあう電車に乗った。すぐ近くにものすごいボリュームでウォークマンを聞いている娘が乗ってきて、このカシャカシャ音がじつに強烈だった。ぼくはもうすっかり本の中に入れなくなってしまって困った。しかし周りにいる人はその娘が強烈カシャカシャ音とともに電車に乗ってきたとき一様にそいつを見ていたものの、あとはさっきまでと同じような状態に戻ってしまった。じーっとしずかに目をつぶっている人、本を読む人、窓の外を見る人……。みんなしようがない、と思って耐えているのだろうか。だとしたらこれはすごいストレスであろう。しかしもしかするとこれしきのこと日常茶飯なのでみんなもうすっかり慣れっこになってしまってい

もしーっ
アバアバ
お前らにいつか天罰がきっとくる
おやじうるさい
こないよ
ウゲ

て、何も感じていないのかもしれない、とも思った。そうだとしたらそれも精神内面的に蓄積されたものすごい潜在的ストレスであろう。改めてラッシュアワーを行く通勤通学の人は毎日たいへんなのだなあ、と思った。

吉祥寺をすぎるとすこしすいてきたので、ぼくはカシャカシャのバカ娘からはなれて別の車輛に移った。するとそこには黄色い髪をした娘と赤に緑色をまぜた髪の娘がいて、向いあって化粧していた。電車の中で化粧をする女が増えていると聞いたけれど、おおなるほど、と思った。

不特定多数の人々の中で化粧するのを見るのはどうにも不潔で気色の悪いものだけれど、彼女らは一向に気にしていないようだった。いや、もしかすると、それが見ていてキタナラシイ行為だということすらも本人たちはまったくわかっていないのかもしれない。あのウォークマンカシャカシャ娘も自分がいまどのくらいうるさい音をあたりにまきちらしているかわかっていないのだろう。あのくらいの歳からもうこんなにずぶとい女になってしまっていってどうするのだろう。色つき髪の毛の女は人々の前で見る見る顔も色とりどりに変っていく。ここにも怪奇があった。

東京駅でいったん降り、また改札を入るときに駅員にチケットを見せようとすると、なにやら前の客との問答が長びいている。困ったものだ、とチケットを駅員の顔の前に出すと、そいつはこっちの顔もチケットも見ずにまるでハエでも追っ払うような手つきをした。動かす手のむきが反対じゃないか。せめて手のひらを上にむけるくらいの常識をもったらどうだ、とさらにストレス追加。まだこんな横柄な駅員がいるとはおどろきだった。

思えばこの旅は出発するときからいろいろ気が疲れたのだ。日食の夢ついえたその日、岡山に出て新幹線でスバヤク帰ることにした。駅の弁当屋で何げなく「あたたかいゴハンのものありますか?」と聞いたら、おばさんは「そういうものは扱っていません!」とにべもない。「あんなものはさめたらたべられるもんじゃないからね、こういうところじゃ扱いません!」なぜか怒ったようにして言う。どうもそのおばさんはぼくが「ホカ弁」を求めてきたと思ったらしい。

ここらは備前米自慢だから、町のホカ弁屋と一緒にしないでよ、とおこったのだろう。駅にホカ弁屋がないことぐらい、旅行が多い日々だから、わかっているけんどよお、ごはんがおいしいよおと、あっちこっちに宣伝してあったからなんとなく聞いただけなんだけど、そんなにいつまでもおこられるとは思わなかった。さらにストレスを加重。こんちくしょうと思ったのでその店の隣であなご弁当を買った。最初から黙ってそれを買えばよかった。むなしいなあ。明日からは家にいよう。

友人の真贋

話の面白い人と、面白くない人がいる。

これはまあそのヒトの個性にからまることで、しようがないのだろう。面白くないヒトでも誠意あふれていて、誇張がないぶん何かのときにあとで「じん」とひびいてくる、というような人もいるから、話が面白くないからつまらない、ということにはならない。

友人に、とても話の面白い人がいて、会って話すと楽しくていつも笑わせてもらうが、話が常にオーバーで、ときとして殆どホラ話に近かったりする。外国の体験で他に見ている人がいなかったりするから「こうだったんだぞ」などと言われると「ヘエーッ」とびっくり感心して聞いているしかないが、最近はその人のホラのレベルがわかってきて、まあ講談を聞くような気分でそれはそれで楽しんでいる。

ホラ話は楽しいが、つまらないのは自慢話で、仕事上でわりあい頻繁に出会う人にこのタイプがいる。何げない話から気がつくといつの間にかその人の自慢話になっているのだ。

いつも自慢話をするヒトはまあよほど自分に自信がないのだろうけれど、自慢話というのは、まともに聞いているとしだいにくたびれてくる。だから頃あいを見て話題を変えるのだが、変えた話題からまたいつの間にか自慢話になっている。きりがないのだ。

会社にはたいていこの自慢屋がいるようで、そういうのが上司になると部下もたいへんだ。むかしぼくがサラリーマンをしていた頃、上司ではなかったがそのタイプがいて、一緒に酒をのみにいくと必ずその方向に行った。話題を変えても、やっぱり変えた話題から巧みに自分の自慢ペースに引きもどしていく。どこからでも返し技で攻めてくる、というやつだ。

くたびれるのでさすがにだんだんその人の酒場の話につきあう部下はいなくなっていったが、一人だけいつもつきあう部下がいて、なかなか上司思いのねばりづよいやつだなあ、と思っていたら、どうもそうではなくて、そいつは上司の話を聞いているフリしてハナから聞いていないのだった。そいつも酒のみなので、その上司とつきあうとタダ酒がのめるから、聞いているフリをしているらしい。さもしいというかしたたかというか、でもやっぱり異様にガマン強いヘンなやつ、というほうがあたっているのだろう。

実名を出してしまって申しわけないが、永いつきあいなので許してもらう。このコラムのイラストを描いている沢野ひとしの話というのはいつも面白いのだが、かれは自分で話すだけで相手の言うことは殆ど聞いていない。ひどい時は、自分で質問しておいて、そのヒトの返事を聞いていないのだ。これほどコノヤロウなことはないのだが、それで今日まで無事に生きてきたのだからかれの回りにはまだまだ心やさしい人が多いのだろう。このオトコの場合近頃はそれがかれの持ち味、というものになってしまってもいるからそうなるとつよい。

逆に自分の意見は殆ど言わないで、自分が聞いてきたヨソのヒトの言っていたことを話してつたえ、あとはこちらの言うことをじっと聞いている、じっと聞いてくれるからついべらべらといろいろ喋ってしまう。その無防備な話を今度は、別の人に「あのヒトこんなこと言ってましたよ」と言う。そういうのをあっちこっちでやっている、という男が、やっぱり昔つとめていた会社にいた。多角的チクリ屋みたいなもので、人間としてはこういうタイプが一番いやらしいのだが、でもけっこうこういうのが実力をもって

サーノ人のはなしを聞け
父ちゃんモチつきながら母さんの悪口いわないで

文春の西川またフラれたそうだ
またかああいつ
谷口くんカツラだよ
ぞんじておりました
アベさんもね
そのウワサ
はじめて

しまったりするので始末が悪い。会社という閉鎖社会は見事に人間サンプルの修羅場で、少し時間や距離をおくといろんなものがあからさまにみえてくる。この手のタイプの人間は有害なだけだが、いつも真剣で、本心をきちんと話すという人も沢山いる。人間の真贋《しんがん》というのは、どうとりつくろってもしだいにわかってしまうもので、そういう人を見つけて永くつきあう、という「人づきあい」の方法みたいなものが最近ようやくわかってきたような気がする。

これは〝自慢話〟ではないのだけれど、ぼくが自分の性格でひとつだけ「よい」と思っているのは、ヒトの悪口を言わないことである。

ヒトの悪口やウワサ話はその時は面白いかもしれないが、あとで必ずいやな気持になるからイヤなのだ。新しく誰かとつきあうときもそのヒトがヒトの悪口やうわさ話を好んでするタイプだとわかると、あまり親しくつきあわないことにしている。文章では男っぽく豪快なことを書いているアウトドア派の人なんかでも、話すとけっこう下世話な噂話好きというような人もいるので、人間というのは本当にわからない。

いい人っぽいんだけれど、話をしているとどうも油断がならない面従腹背的な人も最近は少しわかるようになってきた。これまでぼくはわりあい単純にヒトをすぐ好きになってしまう、というところがあったのだけれど、五十代になって、もうそうはいかんぞ、とこのごろは心の防備をひそかにこころがけている。

いい人っぽいんだけれど、話をしているとなんだかどうもくたびれてかなわない、という人もいて、どうしてなのだろう、と不思議に思うのだが、ちょっとまだ理由がわからない。

友人というのは五割の尊敬と五割のケーベツで成りたっている――と格言のようなものを目にしたことがあるが、近頃そのことが少しわかってきたような気もする。つまり五割の尊敬どころか、ケーベツすらもできない程度のつきあいのヒトはまだとても友人のレベルまではいっていない、ということなのだろう。イラストレーターの佐野洋子さんの本に「友達はムダである」というのがあってホウーッと思ったことがある。たしかにそうかもしれないが、しかし友達というのはムダであってもやっぱり酒をのんだりする相手としては一番だ、とまた思う。この先もう新しい友人はいらないが、いまの友人たちとつとめて心やわらかく楽しくつきあっていければいいやと、思っている。

北国早春日記

七カ月ぶりに北海道のカクレ家にやってきた。わが家に長期居候中のチベット青年テンジン君と一緒である。東京ではそろそろ桜の花がひらきかけていたが、ここはまだ雪の中であった。積雪五十センチ。

くる直前に知りあいに電話して一応様子を聞いていた。

「もうすっかり春だよう」

そうかそうかわがセカンドタウンにも春がきているか、とやわらかい気持でやってきたのだが、来てみたらとんでもない。まだまるで冬のまん中である。やっぱりこれは単純な日常的風景の差なのであろう。北国に住む人々にとっては、まだあちこちに雪はあるけれど、陽ざしはやわらかくなり、風も冬よりはずっとあたたかいと感じているらしい。

「もうすっかり春だよう」

と、言ってもトーゼンなのだろう。

わが家のある山の上まで二百メートルぐらいのループ状の道をあがっていく。私道なので町の除雪車は入らないからまったくの雪の道である。４ＷＤシフトでギアをロウにしてゆっくり登っていく。こういう道の途中でスタックするとそれでおわりである。北の国に家をもって三年間のうちにそういうこともわかってきた。

家の周囲はびっしり雪に覆われていて、一階も二階もベランダに出ていくことができない。窓のむこうで石狩湾だけが午後の陽に光っている。

「はーるばるきたぜいしかりわーん」

と、むなしくうたう。

吹雪の中を買物に出かけた。久しぶりに北の国の魚が待っている。いつもいく魚屋さんに行ったが、今日はシケでたいした魚がないという。それでも大きなヒラメとニシンに毛ガニ、かずのこにイカともうこれ以上ナニもモンクアリマセンというくらいのものが手に

入った。その近くにあるSATYというショッピングセンターに行くと五百台くらい入る駐車場はぎっしりいっぱいである。冬の日曜日はみんなこういうところに集ってくるらしい。

山岳民族のチベット青年テンジン君はもともと魚は食べないのだが、こういう日本海に面した町にくるととにかく魚ずくめであるから食べない訳にはいかない。毛ガニを食べるのにハサミとナイフを並べると「これを手術するのか？」と言っておそろしがった。彼には毛ガニそのものがすでにオソロシイもののようであった。

翌日は朝から晴れて、いちめんの雪の中にぎらぎら光る海が美しい。いい天気だなあ、とうれしがっていたら五分後には吹雪になっていた。ややややとうろたえていると十分後にはまた晴れ。水分をたっぷり含んだ雲が次々に流れてきているようだ。

小樽でたまたま買った雑誌の小さな記事に、札幌にチベット料理店があるのを発見。テンジン君はそこへ行くことになった。ぼくはたまっている原稿を書く。このカクレ家にくると電話も来客もないから、「書こう」という意志さえあれば確実に書きすすめられる——はずなのだ！

窓の外は相変らず晴れと吹雪が交互にきている。コーヒーを入れて机の前にすわるがなかなか「書こう」という意志が育たず、机の上の双眼鏡で海や岬のあたりを眺め、漁船の有無を調べたり、近くの山を走っていく動物が犬かキツネかを確めたりとけっこう

チベット青年は
北海道に憎しみをもった
ナマステ
何枚かけたの
いくら弁当も
どうぞ
どこへにげても
妻と原稿は
つきまとう
ひさしぶりに
話しあいな

忙しい。

ほとんどそういう観察ばかりで午前中は終ってしまった。

昼食は「よもぎそば」を茹《ゆ》でて、ワサビジョー油でさっと食べた。これが一番つくるのが簡単で味もあっさりしてつるっとさわやかでよろしいのだ。ただし久しぶりだったので茹でる量を間違え、つくりすぎてしまった。

午後は外に出て少し家の回りを散歩した。大きなクルミと栗の木が雪で枝折れしているのを発見。好きな木なので痛々しい。雪雲が走り去っていきなりぎらんと太陽が出ても、風が舞って雪煙をつくる。初冬と早春はこうして晴れと吹雪が交互にくるらしい。けれどこんなふうにして少しずつ北の国も確実に春に向ってすすんでいるのだな、という実感がある。

再び机の前に戻ってコーヒーをのみ、また海や岬や近くの山を観察する。この北の家にくるたびに読みつないでいるアイザック・アシモフの『宇宙の測り方』を読む。赤い火星の話になり、フト思いたって地下室に行き赤ワインがあるかどうか確める。冷蔵庫でプリンを見つけ、それをたべる。どうもとりとめがない。結局なかなか原稿に入りこめず悪あがきしているのである。

夕方テンジン君が大きな荷物を抱えて帰ってきた。札幌にあるチベット料理店《ヒマラヤ倶楽部》にはラサ生まれの本当のチベット人がいて（行く前はチベット料理を名のるネパール系ではないかとやや疑っていた）にわかにあらわれた同国人のテンジン青年を熱烈歓迎してくれ、帰りにタンドリーチキンやナンや激辛カレーをどっさりおみやげにもたせてくれたのであった。

ぐずぐずしているうちに夕食となった。食事のテーブルにつくと、客のむこうに巨大な月が上ってくるところだった。満月である。テンジン君もこのにわかな満月におどろいたらしく何事か英語でつぶやいている。「雪に満月　おお……」などといったのかもしれない。

貰ってきたナンとカレーがうまい。まさしくこれは異国の味だ。ビールを二本のんで再び机の前にもどり、漸《ようや》く原稿に突入した。しかしさっきのビールがアトを引くのでバーボンをチビチビやりながら書く。

夜半に雨が降ってきた。それもかなり強い降り方である。しばらくすると頭の上でバリバリガリガリとすさまじい音がしてとびあがった。屋根に積もっていた雪が、このいきなりの雨にびっくりしてずり降ち、大きなかたまりごと落下していく音なのであった。バリバリずしんずしん、とさながらカミナリのようである。北国の真夜中の春雷というあんばいだ。まったくもってこの時期は四方八方激しい季節である。

とりとめもなく日本海

自動車を運転して長野にむかった。山の中に春の若葉が色づいてややカスミのかかったような大気の中で茫々《ぼうぼう》と美しい。時おり山並の間からまだ雪だらけの富士が顔を出す。一日ごとに目にみえるように季節がうつりかわっていくときなのだろう。

双葉というサービスエリアに入ってトイレに向った。駐車場はまだすいていたが、トイレの前の通路によく磨かれた二台のスポーツカータイプの車がこれ見よがしにとめられていた。一台は黒のオープンカーで、二組のカップルがそのまわりにいた。黒いクルマの前方に汚れでもついているのか、何かみんなでしきりにそのあたりをなぜまわしている。日本は世界で一番無意味にひたすらクルマをピカピカに磨き上げて毎日うっとり眺めているヘンな国だが、そのカップルもまさしくその手あいのようだった。定められた駐車場に停めずにみんなが一番通るトイレの前に置いているのもそのクルマを自慢したいからなのだろうか。ヘンなやつらだなと思いつつトイレから出てくると、カップルらはそれぞれのクルマに乗っていた。しかし何故か発車しようとしない。するとそこに大型バスがやってきた。トイレの前はまがり角になっている。しかしその二台のクルマが停まっているので大層曲りにくいようだった。エイヤッというかんじでなんとか曲っていったが、曲り切る瞬間バスの一番うしろの角のあたりでバキッと何かの音がした。

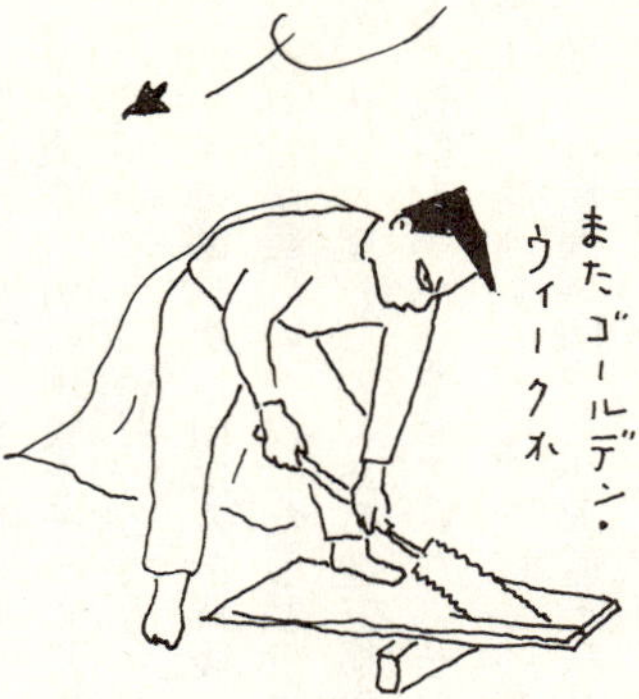

みると自慢の黒いスポーツカーの後部が見事にぐしゃっとヘコんでいた。間髪をおかず中のカップルが飛び出てきて、走っていくバスを親のカタキとばかり追っていった。

急ぐので、そのあとすぐ出発してしまったがあれからどうなったのだろう。日本はクルマがとにかく大切で大事でしょうがない国だから逆上したカップルのこれからの大さわぎぶりが目に見えるようで鬱《うっ》陶《とう》しいが、あの場合はルールを無視していつまでも見せびらかすように通路に駐車していたカップルたちの方に非があるように思えたが、やっぱりぶつけたバスの方が責められるのだろうか。妙にあとまで気になる出来事だった。

長野はオリンピックを前に町中が工事中という状態だった。東京オリンピックを直前にした東京の街の風景をそっくり思いだす。駅前にメトロポリタン長野という立派な都市ホテルができていた。これもオリンピックを迎える顔のひとつのようだ。そのホテルの十一階の部屋から山なみを背後にした長野の街が見わたせる。たそがれていく色の重なり具合が美しい。夜になると夜景の中でひときわ明るいところがいくつかある。どうもパチンコ屋らしい。ある地方都市ではパチンコ屋がなぜかサーチライトをぶんぶん回して夜空を騒然とさせていた。その街はまだ星がよく見えるらしいのだが、あれではどうしようもないだろう。とにかく無節操にずんずんヘンな国になっていく。

翌日は新潟へ向った。国道十八号線をひたすら北上して北陸自動車道をめざす。はじめて走る道だ。長野を出た時にはよく晴れていたのだが、いつの間にか雨になってしまった。野尻湖のあたりはまだ雪が残っていて寒々としている。新潟に入ると突風と雨。北の国はまだ冬そのものだった。

約束の時間に余裕があったので、高速道路を降りて出雲崎という小さな港町に出た。久しぶりの日本海だ。海はシケており白い波濤がうねっている。つめたい風がびょうびょうと吹きつけてくるなんだか静かに懐しい風景だった。写真を撮りたくなって港に入っていったが人の姿はまったく見あたらず、漁船の上の旗だけがはげしくさわいでいる。

バスガイドの
この小さなボウシ
なんとかなりませんか
マコトさん
あの……
若者も
やる時は
やるものだ

マサル
オープン
バスに
しろーッ
クエーッ
ネコバス

数年前にひどくやるせない思いで眺めていた南米最南端のウスアイア港の気配に似ている。とにかく寒いのであまり永い時間歩き回っていることもできない。空腹であった。日曜日だというのに海ぞいの町を走っても人の姿というものがまったく見あたらない。これじゃあ食堂などというものはまずやっていないだろうなあ、と殆どあきらめて走っていると、道端に「ラーメン」という小さな看板があった。海へむかう路地の方向を指し示す案内看板だ。しかしだ。よしんばそこにラーメン屋があったとしても、夏場の観光シーズンだけで休業中であろう、と「やっていない場合」の落タン気分を極力やわらげるために期待値をとことん低いところにおいてじわじわ接近していった。

するとどうだ！　のれんが海風にはためいているではないか。そうなのだ、その店のむこうはもう海である。海風ラーメン店なのである。しかし店の中はなんだかしんとしている。再び不安になった。のれんが下っていても、しまい忘れということもあるだろうし、やっぱり休みかもしれないしと再び期待値を鎮める。だってなにしろその海べりの町にきてまだ人間を一人も見ていないのである。

「勝負！」というようなかんじで戸をあけた。おおどうも固いぞ。しかしおお。おっあいた！　勝った。

店の中には先客が三人いた。長靴をはいたおとっつぁんがギョーザを前にビールをのんでいる。頭の上のテレビがＮＨＫの素人のど自慢をやっている。うたは「矢切の渡し」。デコラ貼りのテーブルに石油ストーブ。壁に小さな提灯のかざりもの。まったくもって絵にかいたような田舎の小さなラーメン屋であった。

新潟地方特有の小魚のだしのきいたラーメンをフッハフッハと食って、ついでに自家製のえごを食後に。

あつくなった体で外に出ると海の風がここちよくなっていた。そこから目的地の寺泊まで気持のいい海岸道路を一気にとばした。日本海夕日ラインというのだそうだがあいにく曇っていて春先の午後の太陽のありどころさえわからない。寺泊に行くと親しい友人らが沢山待っている。今夜は温泉に入って、日本海の魚にビールと地酒の宴だ。

ぶたひつじうま

話は前回より続いていて、新潟の寺泊についたところからだ。日本海からのつめたい風に雨がまじってさむいのなんの。通された旅館の六階の部屋から海がみえる。ここへくるまでに桜の花は一度も見なかった。

温泉にゆっくりつかったあと、大広間で宴会だ。久しぶりの懐しい顔ぶれが集っている。タタミの上の伝統的スタイルの宴会というのも久しぶり。サラリーマン時代の社員旅行みたいで笑えるのだ。

社長や専務の訓辞というようなものもなく、だらだらとはじめてだらだらと終宴。これでいいのだ。

宴会というとビールや酒のおしゃく大会になり、座が入り乱れてきて最後の方になるとワインだウイスキーだ冷酒だといろいろになってきてもう誰のコップかおチョコかわからなくなり、アルコールのスワッピング状態になっていく、というのも考えてみるとおもしろなつかしい。

　続いて必然的に旅館内のスナックでのカラオケ大会になる。

　ひと風呂あびてみんなの集っているホテル内のスナックに顔を出すと、グッドタイミング！　と叫ばれていきなりマイクを渡された。

　カラオケテレビ画面にビールをのむ男が映っており、「ビールをまわせ」というやつがはじまるところだった。正式なタイトルは知らないのだが、数年前にぼくがサントリービールのＣＭに出ていたときバックに流れていた曲である。

　すんごい男がいたもんだあ〜。
　というわけのわからない曲だが、大ぜいでビールをのむときにはたしかにイキオイがつく。そういえばあの頃のみ屋にいくと、このうたがどこからともなく出てきてあせったものだ。久しぶりに思いだしながらみんなで気分よくうたった。カラオケもたしかにストレス発散になる。そのあと独唱で沖縄の「花」

というのをうたった。はじめてうたったのだが酔いも手伝って、楽しかった。

ヨレヨレ化して自室のフトンの中へ。外はつよい雨になってきているから、こういうシチュエーションの睡りというのはシアワセだ。

翌朝六時におきて出発。一人でスバヤク東京へ帰るのだ。あたりは暗くまだ雨が降っている。

信濃川が雨にけぶってなんだかやるせない風景になっているので、降りてしばらく写真を撮った。雨雲の下にアスファルトの道路がわずかに光ってそこをヘッドライトをつけた車が走っていく。ポーランドの国境近くで見た風景を思いだした。

北陸自動車道に入るとにわかに空腹を感じた。時計を見るとそろそろ八時近い。六時に起きたのだから、ちょうど腹がへる頃である。

越後川口というサービスエリアにクルマをとめた。レストランはもうやっているが客は誰もいなかった。ノーマルな朝定食にしようかどうか少し迷ったが、カツライスを頼んだ。朝からトンカツというのはどうも歳を考えるといささかすごいかなあ、と思ったがなぜかしきりにそれが食いたかった。体が求めていたのかもしれない。世の中には思考は別と思っていたのに体がやみくもにそっちへ走っていってしまう、ということがままあるようだ。さらに自分が気がつかないうちにそれなくては生きていけない、という体になってしまっている——ということがあるようだ。まあカツライスごときでそんな

ウオー
引っぱるな
海だめしだ
ウッセイ
なんでこんなに重いんだ
オレウンチ
つかれた

体になってしまうということはないだろうが……。

戸惑いつつ食券買って窓ぎわの席へ。

少し時間がかかったが、出てきたそれがまことにうまかった。どうやらつくって間もないらしい味噌汁に炊きたてらしいあったかいゴハン。ひょっとするとコシヒカリかもしれない。トンカツはあげたてで、パリリカリリと香ばしい。ソースを多い目にかけていやはやカツライスは越後川口SAにかぎる、と思いましたね。

まあしかしあまりほめあげて誰かがこれを読んでそれじゃあと行ってもしらないよ。ぼくがそのときとても空腹で、その時間すべてができたて、ということこれもまたグッドタイミングの状況であったからかもしれないからなあ。

まあとにかく腹いっぱいで元気になって一気に東京へ戻った。

途中谷川岳のあたりはまだ真白な雪に覆われていたから、東京へ戻ると目白通りのそこここで花ひらく桜の色が妙に強烈だった。わずか二泊三日だけれど、日本の春は都市によってぜんぜん表情がちがうのだな、ということがわかった。ぼわんと空気がナマアタタカク、いたるところ埃っぽい東京はやっぱり非常にくたびれる。そういえばいまこそ花見の盛りだった。

その週の後半にICI石井の越谷英雄部長とイラストレーターの沢野ひとしとアウトドア用品における今昔物語というような話をした。ぼくと沢野らとで山だの川だの海だののキャンプにうつつをぬかすようになったのは高校生の頃からで、まだ世の中でアウトドアなどという言葉がないじぶんだった。持っていくテントは米軍払い下げの、雨が降って水を含むと岩のように重い布テントで、本物のナベ、本物のスコップを背負って野山に入っていった。その頃からくらべると現代のアウトドア用品はテント、寝袋、ランタン、ストーブ、食器どれをとっても奇跡のように高性能で夢のようになにもかも軽い。鼎談《ていだん》のあとビールになったが、追われゆくナバホ族、もしくは古代ホームレスのような気分で隣のひつじ屋に行った。

ここは羊肉専門店である。羊の生肉からステーキ、羊カツまですべて羊づくしである。かねがね羊こそ一番うまい肉であると思っていたので、こういう店に入ると逆上する。数日前の早朝トンカツもうまかったが、ビールにはやはり羊である。

と、思ったらその翌日、新宿御苑の近くにある馬の専門店に、むかし親しかったデパート業界の人々といきなり行くことになった。

馬はサクラ鍋である。サクラの季節はコレにかぎりますよ！　と十五、六年ぶりに会う懐しい会社のヒトがえらく威勢のいい声で言う。しかし聞けば彼も来年停年であるという。

今年の春もお花見などしなかった。わが人生の記憶にあるお花見は二十一の時だった。花などなくても酒があれば人生それでいいのだ。

春のうすらの一日酔

東京はこのところ週末というと雨が降っていて、花見もさんざんだったようだ。花見に行った最後の記憶は二十一の時だから、近頃の花見の状態がどんな具合かわからないが、新聞のコラムに、花見のときに青いビニールシートを敷くのはむなしい風景だ、というのがあった。あの青ビニールは養生シートというそうだ。キャンプの時などけっこう便利である。しかし新聞コラムにあるように桜の桃色に青のビニールはいかにも配色がどぎつすぎる。青ビニールが出てくる前はダンボールが主流だったように思うが。どっちにしても江戸の粋《いき》とはほど遠い風景なのだろう。

帝国ホテルで吉川英治文学賞のパーティーがあり、新人賞受賞者の馳星周さんはぼくが編集長をしている「本の雑誌」で長いこと書評を書いてくれていた常連ライターだった。だからお祝にかけつけた。帝国ホテルのパーティーであるからいつものジーンズではまずいと思い、クルマにスーツをのせて家を出た。時間ぎりぎりに仕事場で着替えたのだが、なんてこったベルトを忘れていた。もうそこらで買っている時間はないし、ベルトなしでもなんとか腰に止まっているからそのままで出席した。できるだけ上着のボタンをはずさないようにした。上から下まで正装して、しかしベルトなしというのはどうも春のうららのマヌケ姿だものなあ。パーティー会場はごったがえしていたが、フト花見の設定でパーティーをやると楽しいんではないかな、と思った。

しかしよく考えたら園遊会というのがそれに近いのだった。そのような優雅な催しものに招かれたことはないが、昔の人はちゃんといろいろ考えていたのだなあ。

　ぼくはいまだにキャンプに行くことが多いのだが、あの焚火を囲んでの酒盛りをもっとスケールアップさせた焚火パーティーなどどうだろうか。

　世の中には仮装パーティーというのがあるそうで、そういうのも面白そうだ。かねがねゴジラのぬいぐるみを着てみたいと思っていたのだがそういう場と機会はないだろうか。

友人の調子者が若い頃焚火キャンプをするとガソリンを口に含んで火を吐いていた。ぼくも酔ってコツをおしえてもらったことがあるので、その気になれば火を吐ける。リアルなゴジラができるではないか。などと絶望的にムナシイことを考えつつ土曜の朝に福岡へ向った。

福岡の北九州寄りにある宗像《むなかた》市へ。途中とんこつラーメンの昼食にした。九州のとんこつラーメンのうまい店に行くと本当にうまい。どうもこれではあまりにも幼稚な表現で恥ずかしいがゴジラ化作戦など考えていたので本日思考はどっちみちこの程度なのだ。福岡もこのところずっと週末は悪天候だったらしいが、その日はよく晴れて実に気持がいい。菜の花の黄と花だいこんの薄紫が風に揺れている。

ひと仕事終えて、夜はなじみの博多の居酒屋に行った。ここは可愛いおばあちゃんがやっていて生ビールがあって魚がうまい。博多の親しい知りあいが大ぜい集ったので楽しい酒宴になった。ヒトヅマ直子と陽子と元ヒトヅマのゆり子がいて日頃のおとっつぁんたちとの焚火宴会とは随分様子がちがうのだ。ゴジラのことなど考えている場合ではない。ついついのみすぎてしまった。

翌日は珍しく二日酔気味であった。頭をあげるとくされ頭がキリキリ痛いのでホテルのベッドに横たわってテレビを見ていた。テレビを見るのも久しぶりだ。ワイドショーをふたとおり見ていたが、あのコメンテーターという人々がなんだか実に不思議な生き

名誉ある賞をいただき
ウォー
あらごぶさた
オウー
タイガーはすごい
ハイ
リカさん文学とは愛ですよ
アッ
ズボンが
うー
パパよかったね
おめでとうござんす

物にみえてきてヘンな気持だった。よく聞いているとあたり前のことしか言わないのだ。あの人たちは何のためにいるのだろうか。

毎日見ていると、そういうものだ、と思って気にならないのだろうが半年ぶりぐらいに見ると妙におかしい。たとえば何かの事件のＶＴＲが流れる。例によって思わせぶりな音楽とナレーション。約束ごとのように時おりスタジオに座っているそのコメンテーターの顔が映る。あれがヘンにおかしい。アレハいったいなにがなんなのだ？

でもテレビのこういう番組は世間のニュースの意味をわかり易くおしえてくれるので便利なのもたしかだ。ニュースはしかしその局によって主張の方向があり、これはやっぱり相当に危険だ。禁煙していて久しぶりにタバコを喫《す》うとその強烈さに気づくのと似ているような気がする。思いがけないものが見えるのだ。この頃新聞もコラムのようなものは見るがニュースはあまりまともに読んでいないから世の中で何がおきているのかあまりよくわからない。でも世の中の動きのすべてを知る必要はないし知らなくてもいいのだ、と思っている。

博多大丸にオープンしたばかりの紀伊國屋書店でサイン会をした。入院先から三時間の外出許可を得てやってきたという二十代前半の青年は、数カ月前に飛びおり自殺をはかり、一命をとりとめたが頭を強く打ったらしく、逆行性健忘症になってしまった。いままでの記憶もどんどんなくなっていくような気がするのです、と悲しげな顔で訴えていた。ぼくの息子と同じぐらいの年頃であり、心が痛む。いまの日本はあまりにも生きていくためのシステムが複雑で、その前でとまどってしまう若い人がいっぱいいるのだろうと思う。

四時三十分のＡＮＡ機で東京へ。ＡＮＡは喫煙ＯＫで、二階のスーパーシート席など、禁煙席はあってもタバコの煙は狭いキャビンに充満して殆ど意味がない。タバコの煙に弱いぼくはＡＮＡのこの無神経さが嫌いだ。

二日酔の頭痛はまだ夕方まで続いている。思えば昨夜は夕方六時半から十一時半まで五時間ものんでいたのだ。まともな大人ならもっとやることもあっただろうに何をそんなに熱心に話していたのだったかなあ、と思いかえしてみるのだがおおなんてことだ、その五時間に何を話していたのか殆ど何も憶えていないのであった。桜の花が散るようにわが脳細胞の流失状態はこの春とくに加速がかかってきたようだ。

七ヶ浜で途方にくれる

東京の西のはずれ、武蔵野といわれるところに住んでもう三十年ほどになる。すぐ近くに玉川上水が流れ、隣接する大学の校庭の樹々の緑が美しい。越してきた頃はあちこちに雑木林や原っぱがあって、まことにのどかないいところであった。

わが家の前はいわゆる〝都市農業〟の畑がひろがり、季節によって作物の緑がさまざまに変って、それもまたいい風景だった。なによりもその畑の空間が贅沢であった。

しかし昨年この農家の主《あるじ》が亡くなり、莫大な相続税が課せられたため、その農地を手放さざるを得なくなったらしい。農地は売られてたちまち宅地造成され、すぐにブルドーザーやパワーショベルが入ってきた。

わが家の前にいきなり十数軒の家が建つらしい。世の流れとはいえさらにまた家や人が増えてくるのかと思うとどうも煩わしい。毎日どっかんどっかんやっている工事の音と震動の中にいるのも相当にユーウツである。

ほんの十数年前までわりとあちこちに残っていた雑木林はもうあとかたもない。言ってもしようがないことだけれど思えば昔はよかったのだなあ。

その日も早朝からのどっかんどっかんの工事を窓から眺めつつ、素早く身仕度をして小さな旅に出た。八月に宮城県の七ヶ浜という松島に近い可愛らしい半島の国際村というところで写真展を開く。中村征夫、垂見健吾とぼくの三人で七ヶ浜を撮影の舞台にした三者競作という少々手間のかかるモクロミについ乗ってしまった。思えば分不相応の参加であった。

平日の朝の東北新幹線はすいていた。書かねばならない原稿はあったが、座席にすわるとどうにもぐったりと睡くて、何もやる気がしない。思えば春の朝だもんなあ。

駅にレンタカーとともに七ヶ浜のスタッフが待っていた。現地まではクルマで四十分ほどかかる。空は薄雲がひろがっている。道々聞くと、中村征夫は半島をめぐる海を撮り、垂見健吾はそこに住む人々を撮るという。それじゃあオレは何を撮ればいいのだ。七年ほど「アサヒカメラ」に写真日記を、「週刊金曜日」に表紙写真の連載をやってきているが、考えてみたらこれまでテーマを決めて何かを集中して撮るということをしたことがない。しかもぼくはモノクロ写真である。海と人が決まってしまっていたら、残されたのは町の風景しかない。モノクロでセブン－イレブンのある街角などを撮れというのだろうか。

やや呆然としつつ七ヶ浜の町へ入っていった。ここへ来るのは二度目である。仙台市内の桜はもう終りに近いようだが、この半島はいまが盛りのようで、田んぼのむこうの小山の中にまじる桜の色がやわらかい。

坂道を、本を読みながら歩いてくる中学生ぐらいの女の子が目に入った。制服をきてカバンを背負って二宮金次郎のようにして歩いてくる。

道の左右に桜の木が迫っていて、二百ミリの望遠レンズでとらえるとなかなかいい。町の人と別れてレンタカーで一人で勝手に動きまわることにした。どうやらそうやって限られたエリアの中で、限られた風景を撮っていくしかないようだ。

君ヶ岡という公園で花見をしている一団があった。中年の女性四十人ぐらいが車座になり、もう相当にゴキゲン状態になっていた。他に花見客はなく、けっこう広い公園の桜そっくり独占の状態である。もうこうなると他にナニモノも怖れることのない一団である。遠くから望遠レンズで撮った。しかしどうもこれではのっけからあまりにコソコ

いそがしいか
あーあヒマだねえ
オーッ
人がきた
ねこだねこだ
いそげ
人だ人だ

ソしている。エーイ勝負だ！　と思って接近していくと大変にぎやかな騒ぎになってしまった。どーせなら、ということで全員桜の木の下に並んでもらった。仙台市の生命保険会社の人たちで、男は部長さん一人であった。

使えるかどうかわからないけれど、とりあえずこれで早くも二つの場面を撮った。やや気をよくしてあてずっぽうに道をすすんでいくと、広い田んぼのむこうに形のいい高圧線鉄塔が見えた。鉄塔を見るとぼくはなぜか宮沢賢治の「月夜のでんしんばしら」を思いだす。

ドッテテドッテテ、ドッテテド
でんしんばしらのぐんたいは
はやさせかいにたぐひなし
ドッテテドッテテ、ドッテテド
でんしんばしらのぐんたいは
きりつせかいにならびなし。

――というやつだ。感動してその鉄塔を撮ったが、しかし鉄塔を写真展に出してもあまり美しい評価は得られないのだろうな、と撮りつつも、どこかでつらい思いが見えかくれしている。さらにぐるぐる回っていると、港の近くに出た。釣りのおじさんが並んでいて、そのむこうを龍の格好をした遊覧船が帰ってくるのでそれもパチリとやった。

しかしそれとてもナニカアルナという写真にほど遠い。困ったものだ。やっぱり風景の中にヒトがいるのがいいようだ。

さらにぼんやりそこらを歩いていると小学校から帰ってくる女の子がいた。長い袖をひらひらさせて一人でなにかチビはチビなりに考えごとをしながら歩いてくる。そこでその女の子に岩壁に立ってもらって何枚か撮った。いきなり見知らぬおじさんにカメラを向けられて女の子は緊張しているようで顔がこわばっている。これではまず楽しい写真にはならない。あきらめて「ありがとうネ」と言うとその子はすっとんで帰っていった。再びクルマにのってさらにすすんでいくと、さっきのあの女の子が前方を歩いているではないか。追っていってまた声をかけたりしたらどうも完全にあぶないおじさんになってしまう。追いつかないようにクルマをとめて道ばたに寄せると目の前にキャベツの畑があった。しようがないのでキャベツを撮った。考えてみるとキャベツなら昨年まで家の向いの畑に沢山あった。

あのキャベツ畑はもう戻ってこないのだな、と思い、またすこし気持の底がガクッとした。どうもわが前途は暗澹《あんたん》たるものだ。

不毛のキャベツ撮影を終えてクルマに戻ると、おおなんてこった雨がポツポツ降ってくるではないか。海岸に行って、雨の七ヶ浜でも撮ってみるか、と砂浜方向へすすんだ。しかし雨足は急速に強くなり、事態は意味もなくさらに悪化していきそうであった（次回につづくようだがつづかない)。

ヒマラヤ直通電話

四月の終りにひらかれた高崎映画祭に昨年作った短編映画「しずかなあやしい午後に」が招待されたのでそこに出席し、ついでに栃木県のどこかでキャンプをしようということになった。

今年のGW（ゴールデンウイーク）は原稿が沢山たまっていてまったく遊べないので、それがただひとつの楽しみだった。

その直前にポーランドからFAXが入った。一九九五年に公開した「白い馬」が三本のグランプリ（作品賞、監督賞、撮影賞）を受賞した、という知らせだった。ほんの十日ほど前にフランスのボーヴェ映画祭でやはりその映画がグランプリをとったので、たて続けの受賞の知らせなのだった。

ポーランドの映画祭は四月十四日から一週間ひらかれていて、事務局からぼくに招待状がきていた。旅費とホテル代を出すから挨拶においで、というものだったが、ワルシャワは一度行ったことがあるし、急な話だったので断ってしまったのだが、そういうことなら行けばよかった、としばし悔やんだ。

それにしても「白い馬」はすでに国内公開が終り、いわゆるひと勝負すんでしまった映画である。三年がかりで作った映画だったけれど、国内のテレビ局とのヘンなトラブルにまき込まれなんだか理由がよくわからないうちに少々不幸なふりまわされかたをして悲しい記憶と傷を残した。以来ぼくはテレビというものをまったく信用しなくなってしまった。それにしても映画の世界というのは作るのは面白いが油断しているといろいろ面倒くさいことがからみついてくる善悪まぎれて正体のつかめない魔物のようなところがある。

GW初日に那珂《なか》川のひろい河原に行った。この日あっちこっちから秘密焚火集団のめんめんが集って発作的な火まつりをやる予定だったのだが、のっぴきならない急用ができて夜までにぼくだけ東京に戻らねばならなくなってしまった。

なつかしい焚火仲間を前に残念きわまりない。まあせめて昼のビールをと、クーラーボックスの中のつめたいサントリーの新ビール「ビターズ」をのむ。これは味の濃いビールでしみじみうまい。

林《りん》さんが韓国ふうのお好みやきを素早く作ってくれた。キムチとニラがたっぷり入ったなかなかストロングなシロモノである。よく晴れて素晴しい日だった。

場所は烏山というところなのだがこのあたりの鯉のぼりは一本の柱の四方八方に綱をわたしてそこに四十〜五十四の鯉を流すので、風に群をなして鯉が泳ぐ、というあんばいになってじつに素晴しい。

河原に寝ころんで、思えば本日のみ、わがGWの一日だけの休日なのだ、と蒼《あお》い空を見る。夕方アルコールの抜けたところで東京へ出発。

翌日からは完全に原稿執筆の日々となった。思えばこの五〜六年GWというと必ずどこかで映画の撮影をして自宅をあけていたが、今年は単独自主カンヅメである。

メーンの仕事は昨年「怪しい探検隊」で出かけたバリ島のバカ旅話の本を一冊書くのだがその前に「小説トリッパー」「小説現代」「小説新潮」「SFマガジン」とこれが申しあわせたようにいずれも原稿用紙二十枚ずつびっしり「締切りですぜ！」と恐い顔をして並んでいる。一日に一本ずつ書いていても四日連続これらにかかりっきりではないか。

思えば五月三日から吉野川でまたぞろ計画されている目的不透明河口堰の反対運動のために「いやはや隊」の人々が集結する。野田知佑カヌー親分から「こいよなあ」と電話が入っておりその時点では「いくからなあ」と言っていたのだが思えば甘い夢であった。すまぬすまぬ。しかしばかだなあオレは。頭かきむしりつつ久しぶりに真剣に机にむかって書き続けた。

五月一日の午後、おかしな国際電話が入った。わが家は二人の子供がアメリカにいるし、チベット人が居候しているし、いろんな状態で外国からの電話が入るのだが、どうも様子がちがう。ひと昔前の国際電話のように声が遠のいたり近づいたりする。よく聞くとやはり「いやはや隊」の大蔵喜福の声だった。やつは二カ月前からヒマラヤ登頂をめざして遠征している筈だ。

「聞こえますかあ。いま七千メートルのところからかけてんですよオ」「ええ?」「衛星のインマルサットつかってかけてんです」ひゃあそうかそうか。思わず受話器を握りしめた。それにしてもいまはまったく凄い時代になったものだ。

「元気かあ?!」「元気です。しかしけっこうタイヘンです」そうだろうなあ、七千メートルだもんなあ。聞けばそのくらいの高さでも日が出るとあたたかく、日中テント内は三十度をこすそうである。しかし夜はマイナス二十度だからひどい一日だ。

予定では数日のうちに頂上にアタックだという。

8000mに入ります
頂上
8000
東京は雨。気温22度。
支援隊としてサーノヒトシを
送った。なにっ、いらない。
了解しました。

「いいか、頑張るなよオ、記録じゃなくて人生のほうを大事にしろよオ」相手が七千メートルのところにいると思うとつい声が大きくなってしまう。

電話を切ってすこしの間呆然とした。窓のむこうに家庭菜園に精を出す人々が見える。しかしその前の畑がいま宅地造成されていて毎日工事でガンガンうるさい。

ニューヨークから一時帰国している娘がその晩お好みやきをつくってくれた。エビとコンニャクの入った少々不思議なやつだ。もう彼女も海外の生活がずいぶん長いから料理もときおりヘンテコな組みあわせになるらしい。ビールで乾杯する。妻はチベット青年と岡山のお寺に旅行に行っている。何年かぶりに娘と向いあって食事をする、というのも照れくさいものだ。ビールは軽くしておいて、夜更けまでにとりあえず一発目の小説を書き終えた。発作的に書きすすんでいった原稿だがそれなりに気は高ぶっているのでバーボンをグラスに二杯ぐいとのむ。午前二時、外は雨が降ってきた。

脱出みちのく覆面旅

　二カ月前からはじまったわが家のすぐ前の宅地造成は、毎日土台づくりの基礎工事が続いていて、家の前の道路はもう四回も同じところに穴があけられている。そのたびにユンボがどっかんどっかん地面を叩き、そのうしろではローラーだの名前はわからないが自動的地面叩き機みたいなものがバタバタ跳ね回り、毎朝八時ぐらいからもうやかましいのなんの。とても落着いて原稿を書いていられるような状態ではない。

　そこで再び東北方面へニゲルことにした。仕度をし、タクシー会社に電話しおわったとたん、外から電話が入った。このコラムのイラストを描いている沢野ひとしだった。彼は明日ヒマラヤ方向へ出発するという。ヒマラヤにアタック中の大蔵喜福をどこかで迎える作戦なのだ。留守の間このコラムのイラストをはじめ他にいくつかコンビを組んでいる原稿の絵をどうしようか、という話であった。本人が明日ヒマラヤへ行く直前に

「どうしようか」と言われてもこっちはどうしようもない。むこうにはもうFAXもなにもないから、その期間本文とは関係なしにおまえは自分の世界だけで何か描いてくれよ、オレはオレでやってくから、と言った。そういうわけでこの日からしばらくこのコラムのイラストは本文の話とは関係ないのでそこんところヨロシクねがいます。

よく政治とか宗教の組織などでなにかのトラブルが発生し、ハモン的な処遇で組織から放りだされた（あるいはとびだした）人に対し、右の者当組織とは一切関係ありません――などという回覧状が出されたりするけれど、一度そういうのやってみたいと思っていた。

そのとき沢野とそういうことを電話で話していると、もう一本の電話が鳴った。ちょっと待って、とそっちに出ると誰かきたらしく玄関でピンポーンと鳴っている。するとFAXがピーピー鳴りだした。外ではユンボがガッチャンガッチャン、ローラーがぐるぐる唸り、その重い音をつらぬいていつもよりはるかにスバヤクやってきてしまったタクシーのクラクションがひときわカン高くパンパラ鳴っている。

前から時おり思っていたのだが、こういう状態になるのをどこからかじっとヒソカに見ている奴がいて「よおしこのへんで電話一本目まずいけー。よおし続いてFAX攻めろ！　そろそろタクシーいけー！」などと闇の進行指令を発しているにちがいないのだ。

そういえば――といいつつ話は直接つながらないが、このところイタズラ電話に悩まされている。まあとにかく犯罪的に異常でしつこいやつなのでいま警察と電話局に相談しているのだが近々新兵器で対処する予定だ。とにかくこいつの発信先をつきとめたい。戦闘開始なのだ。

パンパラとクラクションを鳴らしているタクシーに「わかったわかったやめてくれー」とたのみつつ駅へ向い東北新幹線で花巻へ。

東京は陰気なくもり空だったが、北の奥地へ進入するにつれてさわやかに晴れてきた。

花巻温泉へ突入。緑が美しい。そうしてここは漸く自然の音だけになっていた。

ウイークデイの午後である。温泉もすいていた。温泉とサウナに入って汗をだらだら流した。約四十分入るとデジタル式の体重計で入浴前と入浴後で約六百グラム減少していた。

フロントに生ビールのあるところを聞いてそこへ行ったら、料理は寿司定食とかそば定食というようなものばかりなので、唯一単品料理のおしんこをたのんだ。おしんこは「料理」のうちに入るのかどうかよくわからないが、しかしこの注文は大成功で、とにかく温泉とサウナあがりの体に生ビールは申し分ないし、みちのくのおしんこはすこぶるうまい。店からすると儲からない客もいいところだがなんとかそれだけで許してもらっていったん外に出た。温泉街のヤキトリ屋に入ってヤキトリにまた生ビール。久々にしずかな旅の夜だ。

翌日もよく晴れていい気分なので宮沢賢治記念館に行った。賢治の生の原稿用紙を見て「うーむ」としばし唸った。

午後に盛岡へ行き、宮古びしばし団のたくらみによるイベントに参加した。

みちのくプロレスのザ・グレート・サスケさんとの公開対談である。マスクマンレスラーなので、ぼくもずっと前メキシコで買ってきたプロレスの覆面をかぶって出場した。マスクをかぶるとなんだか妙な勇気が出ていろんな話ができた。最後まで怪しい覆面作家としてとうとうマスクをとらなかった。

この覆面というやつをこれからもっと多用できるといいな、と思った。座談会などにこいつをかぶっていけば本当の覆面座談会もできるではないか。

その日やってきたあやしい探検隊の料理人リンさんこと林政明もこの覆面作戦に大いに興味を持ったようで、みちのくプロレスの関係者に覆面調達の話をしていた。やがて謎の覆面料理人が野山にあらわれることになるだろう。デザイナーの太田和彦もやってきたのでリンさんと二人で彼にも覆面をすすめた。彼もあやしい探検隊のメンバーなの

チベット
シガゼ
ラサ
ギャンセ
カトマンズ
チョモランマ
エベレスト 8848M
サーノはこうしてヒマラヤへ旅立った。
多くの原稿をのこし、
人々に迷惑をかけ、
自分勝手に生きた。
山がオレを呼んでいる
あっそう
行けば
もどらなくてもいいのよ
チョモランマに行ってくるからな

で、そのうちあやしい探検隊全員の覆面化作戦をたくらみたい。

宮古びしばし団のやっぱりこれも相当にあやしい一団三十名と繋《つなぎ》温泉に行った。その夜の旅館「山いち」は対応七十名規模の小さな宿だが、全館タタミ敷きであのベタベタひきずりスリッパなどもなくさっぱりと清潔である。料理もできたてのあついのをそのつどはこんでくれる、というやりかたでとてもすばらしかった。前の日の宿がいわゆるマンモス旅館のスリッパズルベタ化しているところなのでその対比がきわだってしまった。

前日一人でぼんやりしていたが、その日は三十名の大宴会で、そっちの方も正反対。久しぶりにサラリーマン時代の社員旅行を思いだしてしまった。あの頃は宴会が終ると仲間と外に出て町の酒をのんだり、部屋別にやっている二次会の〝からみからまれ酒〟や賭け事の場に顔を出したりと夜更けまで忙しかったが、騒音から逃げてきた自分にはもはやそのような元気はなく、大宴会が最高潮の頃に脱けだしてまた露天風呂に入り、外のつめたい空気の中でじっと静かにしていた。

対馬ナマネコ旅

この頃少しずつ実感をともなって考えていることなのだが、ニンゲンは移動することによって相当な負担を受けているのではあるまいか。とくにその移動が高速になればなるほどその係数（のようなもの）が増していくのではあるまいか——と。

まあ早い話が飛行機である。ジェット旅客機は時速五百キロとか八百キロなどというものすごいスピードで飛んでいるそうだが、そのとき人間の体の中はどうなっているのだろう、と最近フト真剣に考えてしまった。

もちろんこういうことはもうとっくの昔にその分野の専門家が研究し、解明しているのだろうからいつかしらべてみようと思う。

ぼくはジェット旅客機に乗ると離陸する時にいつも強烈に睡くなり、ハッと目がさめるともう空中にいる、ということがよくある。こういうのもきっと理由があるのだろうなあ。

などと考えつつその日高松へトンだ。文藝春秋の講演会に出る、という仕事で、作家の杉本苑子さんの次に話をするのだ。時間までホテルで本を読んでいた。竹と椰子の本である。このところ東シナ海の自然と文化というのに興味があって、とくに最近竹についての本を沢山見つけたのでにわかな竹研究をしている。きっかけとなったのはインドネシアで竹を使った音楽「ガムラン」にすっかり感心してしまったこと。このところクルマの中でいつもこれを聞いている。しかしガムランというのはぼんやり聞いているとしだいに確実に睡気を誘うものでもあり、クルマの運転中に聞く曲の選択としてはどうもまずいようでもある。

講演終了後、カツオの刺身で生ビールという不動の黄金的組み合わせの時間をもった。そういえば高松へ来る前日、仕事がらみでサントリーの府中工場へビールができるまでの見学に行った。工場長にずっと案内してもらい、途中でまだ濾過《ろか》していない生ビールをのませてもらったが、いやはやそのうまかったこと。まだ完成前だから新鮮この上ないのだが、深い渋みがあって、ビールの原料をしみじみ体ごと感じた。そういうことがあったので高松の生ビールは少々モノ足りなかったが、でもそのあと高松へきたらこれなくして！　という「うどん」を食い、平和に満足してホテルに帰ったのであった。

翌日は高松→岡山→名古屋→静岡という乗りかえの多い移動で、来るときのジェット機のひとつ飛びとは随分移動のスピードがちがう。少々考えごとがあって、窓の外の流れる風景を見ながら缶ビールをのんでいった。やっぱり旅の移動スピードはこの旧来の鉄道の速さ、というのが一番人間の体感や生理によいようで、ビールの酔いも素直に全身に作用していくかんじだ。これでガムランの音楽でも聞いていたらやすらぎの睡りに入れるのだろうが、まわりの乗客のケータイ電話のチリチリ音がむなしい。

どうも再びあわただしい日々になってしまったが、二日後に対馬への旅に出た。飛行機で福岡へ飛び、そこからさらに対馬に飛ぶ。韓国文化の色濃いこの島へは前から行きたかったのだ。この島へ行くと北の利尻島、礼文《れぶん》島、東の南北大東島、西の与那国島、南の波照間《はてるま》島、小笠原諸島ときて日本のそれぞれ四隅の果てでありさらに国境に一番近い島のすべてを踏破したことになるのだ。まあ踏破といっても飛行機で舞いおりてしまうのだからたいした苦労も努力も必要としないのだが、なんとなくナニカがこれで完成、という気分もする。

わたくし
マオカラーのシャツを
着る人を　どうしても
信用できない。

対馬は韓国まで約四十九キロという距離に

あるので、島の最北端にいくと釜山の街が肉眼で見える。佐渡、奄美大島に次いで日本で三番目という大きな島なので、島に着いてからの移動距離がけっこう長い。

写真家のタルケンと編集者のアーサーとの三人旅なのでまあ気が楽だ。この旅に出る前の二日間、ちょっと集中して原稿を書いていて寝不足気味だったので、島での移動はずっと睡っていこうと考えていた。

島に着き、レンタカーを借りよう、というときになって編集者のアーサーは免許失効しており、写真家のタルケンはちょっと前に六十日免停になってしまったという。なんてこったぼくが運転しなければならないのだ。

まあしようがない。自分で運転したほうが島中を自分の目でよく見ていい取材になるだろう。

その日は宿に着いて三時間ほど動き回るとじき夜になってしまったので夕めし作戦に移行した。

生ビール中毒のぼくは島にきても「ナマナマナマナーマナマ」と呪文のようにうめいているから、みんなで生ビールのある店を捜しに出た。

すこし前は離島というと生ビールなど考えられなかったが、いまはだいぶ事情が変って、けっこう「生」のある店が見つかるのだ。うれしいことである。

地鶏の店へ行き、スナギモ、レバー刺を肴に三人で笑ってめあてのものをのんだ。し

チョモランマの
ベースキャンプには
あらゆる物が
あった。
ドアーしめて

文とイラストが
あわないのは
サーノが
チョモランマに
行って
しまった
からだ。
シーナのバーロー
7合目
6合目
5合目

あわせな気分であった。その界隈は裏通りに呑み屋がズラッと並んでいて表通りはパチンコ屋だ。

「のんでパチンコするぐらいしかやることないからねえ」と店の親父がやや怒ったような口調でそう言った。

夜更けにビジネスホテルそのものの宿に帰り、なんとなく三人で「島と人生」というような話をしてからそれぞれの部屋に戻った。三時間ほどレンタカーを運転していたからその疲れがアルコールとかたく手をむすんで強烈な睡魔がやってくる。少しあけておいた窓からつめたい夜の空気といっしょにどこか遠くの酒場のカラオケがふわふわ聞こえてくる。こういう状況の睡りというのもありがたいものである。

愚考のやりとり

やはりぼくはどこかの島にいるのが一番好きなようだ。取材の仕事であったが、三人で対馬に行き、東京へ帰ってくると、そのあと数日ボーッとしてしまって、島にいた日々のことがなつかしくてしようがない。

どの島も共通してもっている空気感というようなものが性にあっているのだろうか。島の人に言わせるとここでの生活は退屈でどうにもしようがない、というあたりがこっちにはかえってどうにもうれしいのである。

もっともしかし、ぼくの行っている期間にちょうど町会議員選挙がはじまっていて、町はにわかにけたたましいことになっていた。三十数人が立候補していてこれが朝八時すぎから宣伝カーのボリュームいっぱいに走り回る。狭い町だから常に三、四人の候補者およびうぐいす姉さんアヒルおばさんゴリラおじさんの叫び声がとびかっていて、もう誰が何を言っているのかさっぱりわからない。

みんな一人の候補者にスピーカーつきの宣伝カーと二台の乗用車がくっついて走り回り、人を見かけるとクルマの中の人々が満面笑みをうかべて激しく白手袋の両手を振る。面白いのでぼくたちはどの候補にも手を振っていた。どの候補もみんなぼくたち三人を得票のヨミに数え入れたにちがいない。思えばツミなことをしてしまった。しかしせっかくみんなして必死に手を振ってくれるのだからそっぽをむいているのも悪いしなぁ。

それにしても改めて思ったのだが、候補者の相変らずのあのいでたちというのは客観的にみてやっぱり相当に異様である。上下スーツの上に自分の名を書いた巨大なタスキ。ハチマキに白手袋。胸に花など挿し、人通りのあまりない（島だからね）街角に立ってずっと両手を振っている。左右にショッキングピンクのユニフォームを着た若い女性運動員がやっぱり手を振ったり、おじぎをしたりしている。

この町議選の当選ラインは三百票という話だった。

選挙運動がはじまったおかげで夜の酒場がどこもすいていた。この時期、選挙工作や買収を疑われるので、町の料理屋や呑み屋は殆ど客がいないのだという。だから毎日ゆっくり呑むことができた。

島の娯楽は酒をのむかカラオケかパチンコであるという。対馬は長崎県に所属しているので夜のあぶない産業が殆どない。それなりに健康な島なのだ。

そういうわけで、少々宣伝カーのわずらわしさはあったけれど、それも町からすこし離れた海べりや漁港にいけば人の姿もみえなくなって、じつに心の底からやすらかな気持になれるのだった。

日本のどの島もそうだけれど、村にいくと老人ばかりである。ああそうだ、老人とそれにネコとイヌである。つながれていないイヌが、自由にそこらを走り回っている風景というのも見ていてここちがいい。

福岡空港で大阪へ行く写真家のタルケンと別れたが、飛行機待ちで小一時間あったので、空港内でイッパイやっていくことにした。で、あちこち見て回ったら福岡空港には居酒屋そのものがあるのでびっくりしつつ、うれしかった。大きな赤提灯が下っていておでんが煮えている。立ちのみ式のカウンターの木のテーブルがあって、みんなそこで町の正しい居酒屋と同じように正しく呑んでいる。

さっそくおでんとからしめんたいを肴にいも焼酎を呑んだ。まわりの客はいかにも出張がえりのこれも正しい親父ふうが多く、さすがに男ばかりだなあ、と感心して眺めていたら、そのうち若い女連れも入ってきて慣れた手つきでお銚子などしあわせそうに傾けているのであった。

小さな旅だったが、しばらく一緒に行動した連れとそれぞれ別れていくのはなんだか少々やるせない。

東京へ帰ると空気が澱《よど》んでもわっとしているのがはっきりわかった。この空気のちがいだけでも島は都会などより数百倍も素晴しい。人間が人間らしく生きていけるところだ。

しかし、そういう素晴しいものが沢山あるところに住んでいる人は、その素晴しいものに殆ど気がつかない。これはまあしかたがないことだろうと思うけれど、ぼくのように旅行の多い日々を送っていると、それこそムナシサやそういうことから派生する問題みたいなものが妙にあらわに見えてしまったりする。

たとえば漁師は海に一番ひょいひょい平気でゴミをすてる。燃えないゴミの分別もアキカンもプラスチックもへったくれもない。むかしからそうだったからそのことに何も問題は感じないらしい。山の渓流釣師は平気で渓流にゴミをすてる。むかしよりはいくらかよくなっているとはいうが、友人のマタギに聞くと、相変らず食った弁当もお茶カンもそのまんま岩の上に置いてあるのを見るそうだ。

沖縄のサンゴはあと二十年ぐらいで潰滅《かいめつ》する公算がつよい、という新聞の調査報告記

ヤマネコ
ヤマネコ
ツシマ
ヤマネコを
まもろう
ツシマ
ヤマオババを
保護しよう
オババ

事をついこのあいだ読んだ。サンゴが沢山あって美しければ美しいほど、人々はサンゴのことをあまり考えない。

モンゴルの人々は草原の花のことをあまり考えない。花の名前など知っている人は少ない。あまりいたるところ草原と美しい花ばかりなので本質的に関心がないようなのだ。数年前のモンゴルの草原の大火災の時もぼくの知るかぎり、モンゴル人より日本人のほうが大さわぎしていた。

長崎の諫早《いさはや》湾の干拓の問題も、日本にまだ健康な干潟《ひがた》が残っているからあんなわけのわからない干拓のための干拓を平気でしているのだろう。東京湾の三番瀬の埋めたての問題も、まだ東京湾に干潟が存在しているので、干潟の重要性が本当にわかっていないからはじまった計画なのだろう。日本をあちこち旅行していると日本の慢性化した病弊ぶりがけっこうよく見えてくる。

埼玉のあんちゃん

埼玉県の本庄というところで道に迷ってしまった。夜である。はじめて行った町から関越道に向おうとしていたのだが、いつのまにかどこをどう走っているのかさっぱりわからなくなってしまった。田舎道だから道標もない。人に聞こうとしてもヒトがいないのだ。おまけに雨も降ってきた。

こういう状況というのは本当に困る。自分がいま進んでいる道が目的地に接近しているのか、遠ざかっているのか、せめてそれだけでもわかればなんとかなるのだがそれすらわからないと不安になる。腹もへってきているし、早く家に帰ってビールをのみたい。あたたかいものをたべたい。

結局とるべきミチはヒトに聞くしかない、ということがわかった。しかし店はないし、歩いている人はいないのだから信号を探して、そこで赤信号で停止したクルマの人に聞くしかないようだ。

で、信号のある路地にクルマを入れ、やってくるクルマを待った。しかしここまで田舎の道となるとめったにクルマはやってこないし、青信号は長く、赤でひっかかる車は少ない。

仕方がないとにかくじーっと待つことだ……、と思った。目的はちがうがなんとなく待ち伏せ強盗のような心境になってくる。

じっと待つこと数分。やっと赤信号で一台のクルマがとまった。チャンス！　とばかり走っていってガラスをノックした。若いチャパツの男が運転しており助手席に女がすわっている。窓ガラスがあく前に中ではロック系の音楽がガンガン鳴っているのがわかった。道を聞くには、どうも最悪の状態の奴にぶつかってしまったようだ。しかし運転席の若い男は意外に素直な奴のようで、パワーウインドウをするするあけて、同時にロックのボリュームを下げてくれた。田舎のあんちゃんはこういうところがまだ純朴だ。

とりあえず高速へ乗るためにはどっちの方向へ行くべきか、ということを素早く聞いた。その時、後続の車が一台やってきた。いままで殆ど一台ずつぐらいしか通らなかったのに、こんなときにかぎって続けて二台もやってくるのだ。

道は助手席の女のほうがくわしいようで、いったん運転席の若い男が言いはじめたルートを、助手席のねえちゃんが「そうじゃなくてェー」などと言いはじめた。「ええ？

そーかあ」などと男が聞き直す。女が「だからぁーソレでェー」などとその男に言っているうちに赤信号が青にかわってしまった。

するとうしろにやってきたクルマが早くしろ！　とばかりにいきなりクラクションを鳴らすではないか。ヘッドライトの光の中でぼくが道を聞いている状態でわかるはずである。しかも急ぐなら対向車なんかないんだから回りこんでサッサと行けばいいのである。

しかしぼくの聞いているクルマの中で若い男と女の意見は統一見解を見ぬままであり、またうしろの車でクラクションがうるさく鳴らされた。その段階でついにカアッとなってしまった。言うたらなんやけどむかしオレは高校番長だったのだ。カッとしてやったケンカは随分ある。久しぶりにキレてしまった。そのままうしろのクルマに走っていった。窓を手で叩いてあけさせようと思ったのだが、その時、前のクルマが統一見解の発表をせぬまま発進してしまった。後続の一台もアクセルをふんだ。チラリとしけたおやじの顔が見

眼がさめるといつも妻がいない

えた。くそッとその車をケトバしたくなったがあっけなく行ってしまった。

気がつくと雨はその間にもさらに激しくなっている。まったくなんてところなのだ、と思った。

その前の週に対馬の島旅をしていて、そこでは道に迷って人に聞くと、ついでにもってけ、なんていって獲りたてのウニをくれたり、ヒラマサをくれたりする人情味ゆたかな人々と触れあっており、田舎はいいなあ、とつくづく思っていたのだ。

しかし、やっぱり田舎はいやだ。都会は田舎よりもっといやだが、これはつまり、都会とか田舎などというよりも日本人そのもののモンダイなのかもしれないなあ、と思った。

数年前、ニュージーランドで道に迷った時、田舎の教会の暗がりでシンナーを吸ってヨレヨレになっている男が、ヨレヨレしつつ親切に道をおしえてくれたときのことをふいに思いだしてしまった。

雨がどんどん激しくなってくるのでどうしようもなくてデタラメにまた暗い道を走りだした。

どこをどの方向へ、大袈裟にいうと自分はいま日本の北へむかっているのか南へむかっているのかさっぱりわからないクネクネ道をとにかくすすんでいき、漸く広い道に出た。そうしてさらにあてずっぽうに走っていくと、やっと道標に出た。しかしこの日本

アンタ
アメリカでは
殺されるよ
なに小平?
タバコ屋の角を
右に左
まった

のルートの道標というのも右が山田町で左が田中町なんていうぐらいのことしか書いてないから、やっぱりどっちへどう行ったらいいのか結局はわからないのだ。

どうして欧米のように、もっと大きな目標地「東京方向」とか「群馬方向」などというのをサブ標示できないのだろうか。その道を走るのはその町近隣の人々ばかりじゃないんだけどなあ。

結局、コンビニエンスストアを見つけて店員に方向を聞き、なんとか高速道入口までたどりついた。

夜になると一般道はもちろん高速道の道路方向標示はライトがぜんぜんついていないから、走りながら瞬間的に情報をつかむのがとてもむずかしい。毎年ワケのわからない道路工事ばっかりやってないで、そのルートを走る人たちのためのそういう最高のサービスをもっとちゃんとやってほしい。

そんなこんなでその日は家に帰ってくるのが予定よりも二時間近く遅くなってしまった。

もうムカムカした気持は収っていたが、しかしどうにもくたびれた。夜更けの風呂に入り、とくにのまなくてもいいビールを二本のみ、まったくヨオ、といいつつベッドにもぐりこんだ。

晴天の呆然

このところしばらくささくれだった問題にかこまれていて、精神のバランスを乱していた。前からそうだったけれど、ぼくは時として墜落するようにしてオチコム。ヒトと会うのが嫌になり不特定多数のヒトビトの場に出るのが極端に苦痛になる。

それでも外に出たり、大ぜいの見知らぬ人々の前で何かしなければならない、というような仕事があるからそういう日は覚悟して出ていく。

このようなことを書くと「本当ですか？」と聞く人がいる。どうも強引に植えつけられたイメージというものがあって、ぼくはいつも元気で海や草原のどこかにいて太陽の下でガハハハ笑いながら魚など手づかみでわしわし食い、ビールガバガバのんではまたガハハハ笑っている——ヒトというふうに思われているフシがある。それじゃあまるでバカではないか。

まあバカでもいいけど一応大人だしモノを考え、小説なども書いているのだから悩みも苦しみもある。それで思いだしたがある時「あなたはまじめな本も書いているんですねえ」と真面目な顔で言われたことがある。環境問題関係のシンポジウムか何かで、そこに出席したパネラーの一人であった。一瞬何をどう答えていいかわからなかった。「そうです」とそのまま頷《うなず》くのも何かおかしいし、「いやそんなことは……」もヘンだし、いったいどうこたえりゃいいのだ。

まじめの逆はフマジメであるからその質問者はぼくの書いているのはおよそフマジメなものばかりという認識のもとにあったのだろう。わが人生けっしてマジメにやってはこなかったのは断言できるけれど、ハナからそう決めつけられるのも少々つらい。いったいまじめな本、フマジメな本てどういうのだ?

外に出ていろんなヒトにあうとこういうことになるから、この数日できるだけ家にいて原稿仕事をしたり本を読んでいた。ぼくは本を読むのもムラがあって集中して一日に何冊も読む日が続く、ということがよくある。やっぱりどこか精神のバランスが悪いのだ。

この数日は急に宇宙人の存在が気になって『地球外知性体』(クレスト社)『宇宙人はいるのか』(かもがわ出版)『宇宙の正体』(青土社)『《光世紀世界》への招待』(裳華房)などという本を読んでいた。それによると宇宙知的生命はきっと存在するが、いても最短で二万二千光年の彼方であるからなかなか会えない、ということがわかった。しかしこういう本も正しいヒトに言わせるとフマジメな本になるのだろうなあ。

続いて南方熊楠《みなかたくまぐす》の本を読んでいたら粘菌（鉱物でも動物でも植物でもないヘンなもの）のことを無性に知りたくなり、クルマで新宿の紀伊國屋へ行った。本はいろいろ見つかった。久しぶりによく晴れているのですぐ帰るのが勿体《もったい》なくなって、新宿公園の近くにクルマをとめた。前日の東京は夕刻にものすごいどしゃぶりとなり、まるで南の島にでもいるような迫力で東京もやるときはやるもんだと、しばし呆然と窓の外を眺めていたのだった。

そういう、激しい雨の中で本を読み、晴れた日に外でまじめに仕事をするのを晴耕雨読というのだったっけなあ、と思いながら、しかしその日よく晴れた東京の空の下で、やっぱりぼくは基本的にボーゼンとしていた。
晴耕雨読の雨読のほうはこのところ毎日やっているが、晴耕というのはとくにやってない。まあぼくの場合は原稿を書くのがそれであろうけれど、連載ものの締切りは一応ちゃ

んと守っているからいまは晴耕しなくてもいいのだ。ボーッとしていてもいいのだ。

しかしそれにしても六月の東京としては異様なくらい空気が乾いて陽ざしがつよい。大きな樹の下が凄い陰になっていて、まるで秋のヨーロッパの公園みたいだ。東京もやるときはやるもんだ。

正午近くの都会の公園というのはいろんな人がいる。殆どのベンチにはホームレスのおじさんが横たわってぐっすり睡っている。いいなあ、とフト思う。洗濯ものをあちこちの木の枝にぶらさげて、ラジオをかけながらやっぱり睡りこけている清潔派ホームレスもいる。犬に長い紐をつけて柵のとびこえ技の研究と訓練をしているおじさんもいる。ジャングルジムでひたすら過激なトレーニングを続ける髭のおとーさん。ショッピングカートをひきずって同じところをぐるぐる回っている男だか女だか、若いんだか中年なんだかわからないフシギなヒト、テキパキ声で救助訓練をする消防署の人々。なんだかわからないが便所にむかってしきりに怒っているヒト。子供をあそばせる若い父親。ヒマそうにピーナツみたいなものをたべている中近東系の外国人。助走をつけてすべり台に走っていって下から上にたどりつこうとするのだがなかなか到達できずむなしくずるずるおちてしまうフトメの長髪の兄ちゃん。彼のダイエット法なのだろうか。

植込みの端に座ってずっと木の上（もしくはその奥の空）を見ている老人もいる。何があるのだろうか？　とついついぼくもしばらく眺めてしまった。

ほう
この店よ
ほらいた
オレがお好み焼が好きだとなぜわかったのだろうか
まったく
もうみんな知っているよ

鳩の餌を持って歩き、ときどき座って鳩に餌をやっているスーツ姿の若い男。中肉中背白い丸顔。親子づれが近づいていくと、モワーッというふうに笑う。この男はかなり気持わるかった。マジメかフマジメかわからないがヘンなヒトというのはけっこう目につく。

けれどもこういう公園にいるとみんな相互に無関心ふうなのがとてもよい。しかし本当はわからないなと思った。道路に出て自分のクルマに戻るとき、素早く左右を見回してしまった。誰かにつけられているのではないか——とフト思ってしまったのだ。オレもどこかすこしアブナクなっているのかもしれない。

南ヘニゲル

馬の肉を食おうとしていた。しかしただの馬刺やさくら鍋というナマヤサシイものではない。あまり書きたくはないが、なんと馬の活造りなのである。シェフと呼ばれている人が、その店独得の料理法で包丁をふるっていた。馬はまだ息があり、時おり苦しそうにないていた。ひどい話だ。こんなむごたらしい料理なんてあるものか、とおれは怒っていた。しかしうめくようにしか怒れない。こんなひどい店などにいられないから、一刻も早く出ていってしまおう、と思うのだがどうしても立ちあがることができないのだ。それもその箸でよく見るとおれは縛られているのであった。なんていうことだこんなのは夢にちがいない。夢だ悪夢だ、と思ってもがいているうちに目がさめた。

汗をいっぱいかいていた。やっぱり悪夢そのものであった。体ごとそっくり脱力していて頭の芯のあたりが痛い。熱があるようだった。よろよろとベッドからころがり降りて、洗面所に行った。タオルで汗をふき、熱をはかった。八度三分。たいしたことはないが、熱など久しぶりなので精神のまん中へんがびっくりしてしまったのだろう。

再びベッドにひっくりかえり、もう一度睡ろう、と思った。まだ午前二時なのだ。しかし、目をつむるとさっきのあのひどい夢を思いだし、すさまじく嫌な気持になる。

いましがた見ていた夢だから、現実ばなれした内容であってもその後味の悪さはリアルだ。

なんであんなものを見てしまったのだろうか。ということをしばらく考えていた。しかし理由の見当はつかない。悪夢にそれを見る理由などないのかもしれない。それから熱が出てしまった理由を考えた。このところハードな日々が続いていた。とくにストレスがひどかった。体と精神のどこかに破滅願望みたいなものを感じていた。

結局三日間寝込んでしまった。

決まっていたいくつかの仕事をキャンセルし、ただひたすら寝ていた。寝込むのは三年ぶりぐらいだったろうか。くたびれた体がひたすらヨコタワルことを要求していたのかもしれない。

目がさめると本を読んだ。おかしなものでこういう時は小説などというものはまったく読む気がしない。小説なんて結局ウソじゃないか、という意識が奇妙に攻撃的に思考の表面に出てきて読むことを拒絶するのだ。当方も小説を書いている身としてはどうもまずいのだが、でもしようがない。

読みたくてももうその本が絶版になっていて、なんとかツテを得てコピーさせてもらった〝コピー本〟が十数冊分ある。それらはすべて発行部数の少ない探険・冒険ものであったが、その本をずっと読んでいた。

コピー本は三十頁ぶんぐらい分割して読んでいけるので、こんなふうに寝ころんで読むには軽くて便利である。

週末までになんとか回復して箱根に行った。三カ月に一度ぐらいの割合でやっている定例発作的座談会というヘンな集りである。

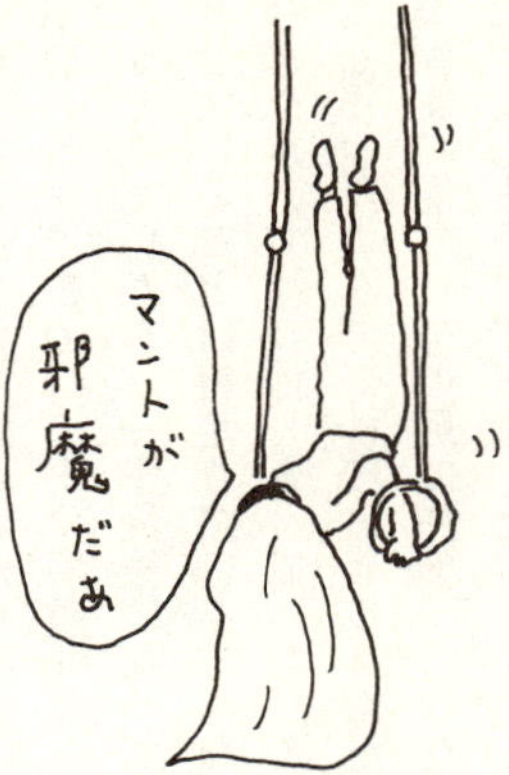

友人の弁護士とクルマで向った。道々このところ世間をさわがしている企業と総会屋についての話を聞いていく。テレビをまったく見なくなってしまったし、寝込んでしまうと新聞も面倒であまり読まなくなってしまうので、世間のことをいろいろよく知っている弁護士にわかり易く解説してもらうのである。子供電話相談室のおじさん版マンツーマンスタイルだ。おかげでそのしくみと目下の問題点と

いうのがよくわかった。

箱根の宿は温泉で、病みあがりの身にはちょうどいい。くたびれたヒトから先に睡っていく。午前二時まで三つのテーマの座談会をやった。目下のオレはくたびれてはいるが、うっかりしていたら、一番最後になってしまった。でもみんなゴーゴーガーガーいびきをかいて睡ってしまっていて一人だけ睡れずに起きている、というのは取り残されてしまったようで奇妙にアセルもんだ。

翌朝家に帰り、その足で沖縄に行った。なおればまたすぐこうしてあわただしい人生になってしまうのだ。もっともしかしこの沖縄の旅は仕事という訳ではなく、久しぶりに南の海を見にいくのだ、と前々から計画していたものだ。はからずも寝込んでしまったときは、ああこれで沖縄の旅もダメだろうな、とほぼあきらめてしまっていたのだが、回復してしまうとゲンキンなものだ。新宿居酒屋の店主とデコボココンビの旅だ。

那覇は夕方の六時半で二十七度。湿度三十九％。そろそろ梅雨の明けてくる頃である。

ホテルに着くとシャワーをあびるのももどかしく、すぐに行きつけの居酒屋「うりずん」にむかった。

写真家の垂見健吾とその一味が待っている。彼の出した新しい写真の本の完成祝いパート2なのだ。二階の座敷で一同オリオンの生ビールで乾杯。そうか、寝込んでいたの

風よ波よ締切りよ私の心はナシゴレンにニーゴレン
どうしたんだあ
父ちゃーん

で生ビールをのむのも久しぶりなのだ。

この店にくると、ゴーヤチャンプル、ソーミンチャンプル、ドウルワカシ、アシテビチ、ソーキソバ、ミミガー、島ラッキョウと次々いつもうまいものが定番で出てきて、そろそろいい酔いになってきたな、という頃、たいてい階下でサンシン（蛇皮線）の音がきこえてきて、誰かがうたいだすのだ。

まだ〇歳ぐらいのハイハイしかできないくらいの子供が二人いる。九十歳くらいのおばあやおじいもいる。〇歳から九十歳ぐらいまでの人が集ってきている居酒屋というのもずいぶん珍しいのではないかな、と思ったが、しかしそれは同時にずいぶんスバラシイことでもあるな、と思った。やさしい気持になって泡盛をぐいぐいのんだ。南の国にいるとしだいにどんどん元気になってくる。

台風といつも一緒

那覇から船で座間味島《ざまみ》へ行った。その日もよく晴れていて、どうやら昨日あたりから沖縄の梅雨は本格的にあけたようだ。しかし新聞の天気図を見ると、大東島の南に台風が迫ってきている。船の上で海風に吹かれながら近づいてくる慶良間《けらま》列島を眺めているのはうれしいもんだ。

いつも行く民宿の若主人タカシがまっくろけな顔で港に迎えにきてくれた。タカシに会うとなんだかいつも気持がホッとする。次男が生まれていて元気よくそこら中をハイハイしている。

ひと息入れてから、すぐに近くの無人島へ船で運んでもらった。弁当とクーラーボックスに入ったカンビールとビーチパラソルの三点セットがあるから、あとはもうシアワセな午後が待っているだけだ。久しぶりに見る南の海の色がわが目玉に強烈にまぶしい。

同行している居酒屋店主太田トクヤは、彼の経営している新宿の酒場五店が夕方五時開店朝五時閉店という昼夜逆で、殆ど夜の人生を送っているから、本日のこのむきだしの陽光は新宿の夜にタダレタ肉体と精神をでんぐりがえしさせるぐらいのするどく正しい刺激になっているのだろう。

かくいうオレも、この頃ずっと気持が鬱屈していたので、この白い砂と蒼《あお》い空とマリンブルーの単純三原色にクラクラしてしまう。

すこし泳ぎ、ビールをのみ、あとはボーッとしていた。島のいたるところにアダンの林がひろがっている。パイナップルによく似た実をつける。時期がくるとたべられるというが、あまりうまくはないらしい。三十分ぐらいでひと回りできる島だが、歩き回らずに、やっぱりひたすらボーッとしていた。

夕方宿に戻り、クルマを借りて、座間味島をひと回りした。この島はダイバーが多くやってくるので、沢山ある民宿の客はみんな海へ出てしまい、島の内陸部へ行く人々は少ないようだ。ダイバーは海の中しか興味はないので、島の内陸部へ行く人々は島内観光はあまりしないらしい。

夜、タカシと一緒に泡盛をのんだ。三年前に函館からやってきてこの島に住むようになったおそろしく年のはなれた友人翔太郎君がお母さんと一緒にたずねてきた。はじめて会ったのが三歳の時だったがもう小学二年生になっている。まっ黒にやけてすっかり島の子である。翔太郎君と会うとどうしてもプロレスのたたかいになる。小さいときほどには手かげんせずにいろいろするどい技を仕掛けることができる。

「シーナさん、前より強くなったね」と少年はやや苦悶の表情で言うのであった。

その夜おそく、泡盛のいい酔いで寝ようとしたら、向いの部屋にいるおとっつぁん二人がいつまでもボソボソ話を続けているのがずーっと聞こえていてなんだか意味もなく急に胸苦しくなり、まるで睡れなくなってしまった。午前二時にあきらめて外に出て、海岸で海風に吹かれていた。体はすっかり元気になったが、精神のどこかがまだ乱調気味でアンバランスだ。

東京へ帰ると翌日は台風だった。あの大東島の南にいた台風がどんどんスピードを上げてここまでやってきたのだ。
台風が去っていった翌日、山形へ行くことになった。最上川へ行って杉の丸太で筏《いかだ》をつくり、のんびり下ってみようと前から計画していたのだ。同行は怪しい探検隊のおじさんたち五人。いやはやいい年をして筏下りとは少々ヒトに言うのは恥ずかしいが、こういうのは話がワアッと盛りあがって決まってしま

うとどんどんすすんでいってアトに引けないというメカニズムになっており、これはむかしから一貫して変らない。

朝七時五十五分発の飛行機なので早い時間にタクシーを予約していたのだが、道路がまったくがらすきで、ぼくだけ六時前に羽田空港についてしまった。まだ手荷物検査場のゲートもあいていない。しかし全日空の受付カウンターはやっていた。

搭乗手続もOKである。カウンターの女性が「荷物はお預けになりますか?」とマニュアルどおりに言う。目の前ででっかいキャンプ道具をひきずっているのだから当然ではないですか。沖縄あたりだとまだニンゲンがニンゲンとして言葉をかわしてくれるからニコニコして「荷物預りましょうねェ」などという。しかし東京はコンビニも飛行機会社もそこに立っているのは口のきけるロボットなのだ。搭乗券を渡しながら「搭乗口は三十五番です」とやっぱりマニュアル通りに言う。

(アレ、じゃあもうどこかの入口から中に入れるのかな?)と一瞬そう思ってしまった。スーパーシートだったので待ちあいラウンジに落ちついてその日午後締切りの原稿を早く書きたかったのだ。行ってみると手荷物検査ゲートはやっぱりどこもまだ閉ったままだった。

「まだゲートはあいていませんが○○時になるとあきます、それまでロビーでおまちになって下さい」ぐらいの人間言葉をどうして言えないのだろうか。つまりはまあ、いま

たすけてくれ
岩だ
台風のあとは濁流が渦巻いていた。
転職はもうやめた

の企業のサービス感覚のレベルというのは航空会社といえどもその程度なのだろう。

飛行機に乗ると庄内空港のあたりは台風の影響でかなり荒れていて中々降りられない。どうもオレはこのところずっと台風と行動が一緒だ。

機長がいろいろくわしく状況を説明してくれる。

「厚い雲が重なっていて、横風も強く中々着陸が困難な状態です。いま上空を旋回し、着陸できるかどうか判断しています」

「風は○○から吹いていてやはり難しい状況です。○○メートルの視界距離がないと降りられない規定になっています」

などなどと、ずっと説明してくれる。しかしこういうことについてあまりこまかく親切に説明が行き届くとなんだかえらく不安になってしまう。受付カウンター嬢とちがってこっちはどうも喋りすぎなのだ。いやはや全日空という会社はどうもいろいろ面白い。

「なんとかやっと着陸することができました」と最後のアナウンス。イタリアやアメリカあたりだとここで乗客はワーッと拍手なんぞするんだけれど日本人は乗客も中途半端におとなしい。いっそのことみんなで念仏でも唱えていたりしたらいいのにな、と思った。

筏で笑って無人島で泣く

最上川は前日の台風崩れの大雨で水かさが増し、川沿いを走る車からみると川幅もえらく広がって茶色い濁流になっている。ちょうど梅雨入りしたばかりだから、まさしく「五月雨《さみだれ》をあつめて早し最上川」の状態なのだ。

通称怪しい探検隊のめんめんとの酒場話のイキオイで決まったとはいえ、この日本三大急流のひとつといわれる大きな川の、しかもこの濁流を果してにわかづくりの筏《いかだ》などで下れるのだろうか？　とフト不安がよぎる。

このあたりの川をよく知る戸沢村の産業振興課の佐藤さんと荒川さんがなにかとサポートしてくれることになっている。いやはや我々おとっつぁんたちの発作的酔狂作戦に休日をつかって協力してもらうのだからたいへん申しわけない。

そのむかし、最上川上流で切りだした杉を筏に組んで川下まで流していたというから、伝統的なつくり方のノウハウがあるようだ。我々は四メートルほどの長さの間伐した杉丸太をつかって、四帖半大のものと三帖大の二台（というのかナ）の筏をつくった。荒縄を何重かにしてよりあわせ、それで組んでいく。男七人がかりで二時間かかった。

ありがたいことに雨はあがってきた。むかしからぼくは、やたらと野外で何かするときの天気につよいのだ。晴れ男というやつである。これだけは妙に自信があるのだ。

その日は河原にテントを張ってキャンプした。このあたりでとれる根まがり竹のタケノコとじゃが芋とミズ菜と牛肉を煮たものを戸沢村の人たちがつくってくれた。これがあっさりとしていてしかし味に深みがあってたいへんにうまい。

「むかしは牛肉じゃなくて鯨肉を使っていたんですよ。そのほうがずっとうまかったです」とやや残念そうに役場の佐藤さん。三十センチほどもある岩魚《いわな》が二十四も手に入った。これは養殖ものだが、串にさして塩やきと味噌やきにするとたまらなくうまい。岩魚に味噌やきというやりかたがあるのを初めて知った。焚火を囲み、ビールと日本酒で気分よく酔っていく。いつの間にか頭上の雲はすっかり切れて月がのぼってきた。近くに生えているアカシアの木の葉が月にぎらんと光っている。

翌日は九時から筏の川下りをはじめた。まだ水量はたっぷり多く、その分流れが速いので流れまかせの筏下りとしては楽である。

我々の筏一号には越谷、通称三ちゃん、谷、ぼくの四人。ぼくは体重七十キロだが驚いたことに他の三人のほうがぼくより重い。三ちゃんはモロにヘヴィ・ウエイトである。この体重のバランスで筏の流れる方向が微妙に変るようだ。筏二号には戸沢村の三人が乗ったがあきらかに三人とも我々より軽い。そしてわかったのは筏というのは大きくて重い方が流されるスピードが速いということであった。最上川下りの船が我々を眺め、バカなおじさんがいるなあ、と笑いつつ手を振って通過していく。カヌーの川下りも随分やったが、筏は流れまかせの分じつに基本的に退屈である。ビールをのみ、ヒルネしつつ三時間すこしで十六キロを下った。

翌日は最上川に流れこむ大外川という沢をのぼっていって、山女魚《やまめ》、岩魚釣りに挑んだ。昨日は一方的に下るだけでなんの労力もつかわなかったが、今日はかなり激しい沢の激流をさかのぼっていくのである。越谷筏名人の指導のもと、はじめて山女魚を二匹釣った。いまは天然ものの山女魚はめったに釣れないそうでヨロコビはひとしおなのである。沢の天然ミネラル水が申しわけないほどうまい。

旅の多い週で、東京へ帰って家に二泊し、

すぐに瀬戸内海の家島《いえしま》諸島に向った。天気図を見るとあやや、またもや台風八号が沖縄に近づいてきている。がまあしかし、例によってなんとかなるだろうと予定のままにテントをかついで姫路の港から渡し船で目ざす無人島に向った。一行九人。またしても怪しい探検隊のおじさんたちである。最上川の筏下りは、怪しい探検隊山川分隊だったが、今度は海水潜水分隊であり、メンバーは川上、太田、リンさん、ゼンジ、阿部、峰岸、Pタカ、小松の総勢九人。

さて目的地は資料によると人喰い沼があるというきわめてあやしい加島という無人島だったが、台風の接近が異常に早く、その島は危険である、と船頭はいう。

黒島という、渡船に便利な無人島に変更した。まあここまできたんだからとりあえず無人島ならどこでもいい。

夕方四時に上陸し、テントを張って流木を集めた。日釣りの獲物だけに夕食のおかずのすべてをゆだねるのはあまりにも無謀（おかずがまったくないことも充分考えられる）なので、有人島の家島でここらで獲れる地ダコとカレイを買っていった。まだ両方とも生きている。

無人島のいいところは流木が沢山あることで、焚火は大、中、小自由自在である。こういう現実を目の前にするとわしらは完全に逆上する。

沈んでいく夕陽が、やや怪しいヘモグロビン系に染まり、流れていく雲足がしだいに

今週も
瀬戸内海の
藻屑と
三人
消えた。

するどく速くなっているのが少々ブキミではあったが気にしないですぐさまビールウイスキー方向へ突入した。

タコ刺し、カレイ刺し、本当のタコやき（一匹丸ごとやいてしまう）等をわしわし食いつつ、ウハウハいってよろこんで熱烈歓迎攻撃をしかけてくるおびただしい蚊どもをペシペシ叩き殺しながら夜更けまでのみ、しあわせに睡った。

夜明け前の五時。ものすごい風雨と波の音で目がさめた。おお！　一夜あけたら見事に台風なのだった。いつでもどこでも晴れ男――などと豪語したばかりなのが恥ずかしい。誰かがラジオのニュースを聞いていて、スピードを速めた台風がまさしくこっちの方向へまっしぐらに進んでくるという。「ややや……」「おおお……」テントからうちよせる波まで二メートルもない。危うし怪しい探検隊になってしまった。

蚊だらけ島からの脱出

話は前回からつづく。無人島で嵐に襲われたわしらは、もはやこれまで、とカンネンした。蚊だらけだが、山に入っていけばよもや波にさらわれることはあるまい。食料、水は三日分はある。嵐が三日続くとは考えられない。どしゃぶりの中、隊長と副隊長はそのようなことを悲壮な覚悟のもとに相談した。すると隊員の一人がケータイ電話をかけてみましょう、と思わぬ現代科学的なことを言うではないか。ここは瀬戸内海である。文明大陸は近いのだ。

かけてみると、おお、見事につながるではないか。ケータイをバカにしてはいかん。

「SOS、こちらバカ探検隊です。無人島より電話中。台風接近ですSOS。船一隻至急たのみます」

恥ずかしいがそういう連絡を近くの有人島の海上保安庁ではなくて、海上タクシー会社につたえた。ここらにはそういう海のタクシーがあるのだ。

かくてその日の九時にはなんとか近くの島に上陸。瀬戸内海の浮遊粗大ゴミとならずにすんだのだった。

その日は有人島の宿で一泊。嵐は本格的にがんがん近づいてきた。どうやら直撃に近いらしい。海上タクシーの人に聞いたら、あと一時間連絡が遅かったら船が島に着けなくなっていた、というのである。そうしたら山に入ってびしょ濡れのまま八百万匹の蚊とタタカイの夜をすごさねばならなかったのだ。よかったよかったと笑いつつあついシャワーをあび「さあ嵐め、どんどんこい！　きてみろきやがれ男らしくまっすぐこい。どおーんときてみろい！　わしも男じゃけえ待っておるけに」などと広島方向にむかってわけのわからないことを叫びつつ、瀬戸内珍味三品盛りあわせを肴にビールなどクハクハやっていたのである。

翌日は台風一家北上。字を間違えている、と正しい人はすぐ正しく指摘するのだろうが、この台風はわしらの平和な焚火キャンプをめちゃくちゃにした海空合体のやくざ者一家のように思えたのでコレでいいのである。

よく晴れた桟橋の上で濡れたテント等を干し、再びみんなで笑ってビールをのんだ。

東京へ戻るとなんだか急に暑くなってしまい、毎日夏のようでこれはいったいどうしたことか、と思った。

この頃、地方の山だの海だのへキャンプに行く以外は東京へ戻ると自宅でじっとしていることが多い。家のすぐ前の宅地造成工事はいちどきに七、八軒の家をつくっているのでものすごい騒音である。それに加えて市議選が追い込みの週に入っているのでいやはやうるさいのなんの。むし暑い日の選挙女の絶叫連呼は凶器に近い。

家の中で一番それらの音に遠く、涼しいところを捜してカンの悪いネコみたいにウロウロしていた。

あまり好きではないが結局はクーラーをかけ、天井扇風機をゆったり回し、部屋の北側に机をひきずっていってそこでじっとしている、というインドの安ホテル式臨戦対応をするしかなかった。週末にかけて小説が二本。長いエッセイが一本。ひたすら騒音熱暑の外圧に耐えて「書くヒト」になった。

そういう暑い日々のさなかに東海林さだおさんとの対談仕事がひとつあり、銀座にいかねばならない。ついでに久しぶりに銀座一丁目にあるホネフィルムのオフィスに行った。銀座は高いビルが並んでいて照りかえしがけ

っこうきつい。

サラリーマンの頃から数えて銀座は新宿と並んで東京で一番よく歩いているところだから、こういう暑い日は地下道をうまくつかい、さらに裏通りをじわじわ進んでいくのが一番いいのである。

サラリーマンの人々がスーツを着て歩いているのが気の毒だった。対談はドイツビアホール。タルタルステーキと牛カツを注文し、なぜかいきなりタコについての話からはじまった。東海林さんとの対談はいつもテーマは直前になってもきまっておらず、勝手に話していくうちに何かとりあえずテーマらしいものができてくるという乱暴なスタイルだけど、そのほうが話しやすい、というのもたしかなのである。

ビール中ジョッキに六杯、バーボンのダブル一杯のみ、なんだかくたびれて車でねむりながら帰った。

翌日はC・W・ニコルさんに会いに朝九時までに長野県の山奥にある川上村まで行かねばならない。六時におきて中央高速をとばした。途中サービスエリアに入ると、かなりの高度になっているのに風があつい。空はアフリカ色をしている。山の中で待ちあわせ、大ガマで森の下ばえを切る、という作業を手伝った。上田の知りあいの高須さんが長野の地ビールをもってわざわざ手伝いにきてくれた。昼休みのビールと弁当がうまい。

そこは千曲川の源流地で、森の中を流れてくる水がうまい。水筒に入れて持って帰る

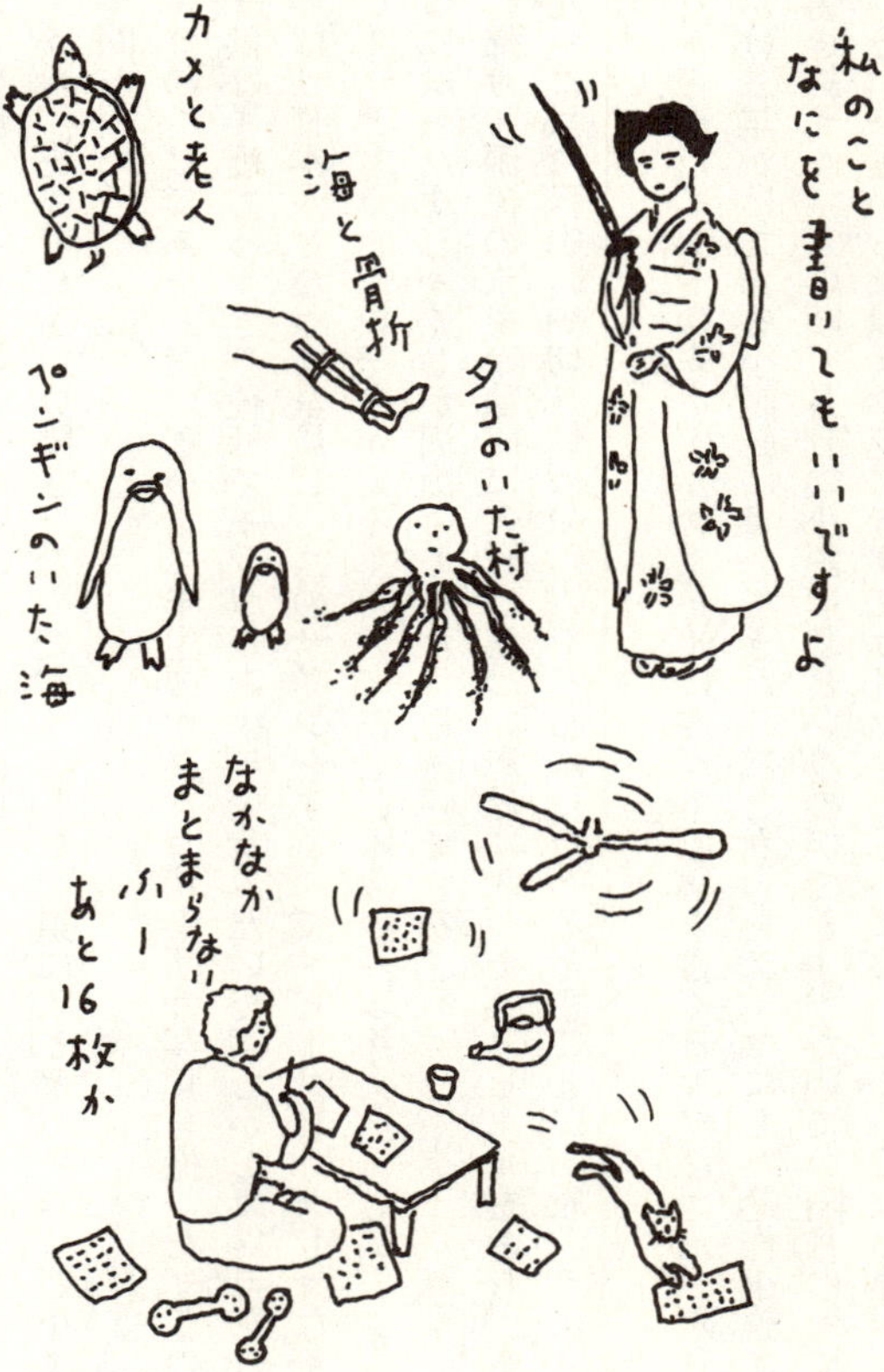
私のこと
なにを書いてもいいですよ
タコのいた村
海と骨折
カメと老人
ペンギンのいた海
なかなか
まとまらない
ふー
あと16枚か

ことにした。このあたりは高原野菜の産地で日本一おいしいレタスが採れるという。村の人から新鮮でみるからにうまそうなレタスを沢山もらってしまった。

帰りがけ、あまりにもいい陽ざしなので、すこしヨコ道に入ると、ちょうど小学校の下校時間だった。

田んぼのそばであそんでいる小学二年生のオダンゴ状集団の写真を撮った。このあたりの子供はまだまるっきり純朴でモンゴルの少年少女みたいだ。しかしカメラをむけるとやっぱり日本人となって全員ピースのサインをするので「ピースピースじゃなくてキヲッケ！」と言うと全員そりかえるくらいに正しいキヲッケをするのがおかしかった。田んぼにはおたまじゃくしが沢山いてくねくね泳いでいる。

家に帰り、源流の水を冷蔵庫に入れ、あつい風呂に入ったあとビールをのむ。もらってきたレタスで豚肉の細切り炒めやハムをくるんでたべるとまことに高原ふうにさわやかでうまい。

翌日からまたインドの安ホテルスタイルに戻って原稿を書く日々になった。隔月ながら足かけ三年かけてある小説誌に書いてきた「海と女」をテーマにした連作小説の最終回を書き終えた。この頃、月刊の小説連載というのができず、たいてい隔月にしてもらっている。来週からは純文学誌にほぼ三カ月おきぐらいに書いている百枚の連作小説を書く予定だ。暑くてうるさいのでホテルのカンヅメも考えたが、閉所恐怖症なのでそれも苦しい。困ったものだ。

ぐらぐら部屋が揺れるのだ

いやはやこの暑い日々、家の前の宅地造成は続いていて、いまはいちどきに八軒の家が作られている。朝八時にもう工事がはじまるのでけたたましいのなんの。いまの住宅はみんな機械づくりで、大工さんも電動ノコギリと、名称はわからないがマシンガンふうの釘打ち機械を使うので、むかしふうのギーコギーコ、トンカントンカンという音などではなく、ギュオーンギュオーン、バチバチバチバチ、ダッダッダッダッというゲリラ戦隊総攻撃ふうの強烈音になっている。

この宅地造成に関連しているのだろうけれどさらに市による水道工事がはじまって、家の前の道路はユンボとダンプがきて連日掘り返したり埋めたりまた掘り返したり埋めたり、もう終ったかなと思うとまた掘り返したり埋めたりでもうなにがなんだかわからない。そのために午後一時から四時まで断水になる。この暑い日々に、しかも一番シャワーなどほしい時間にどうして水をとめてしまうのだ！　とやや呆然とするがしょうがないのだろうとあきらめる。今年に入ってわが家の前の道路は合計七回の異った工事で掘り返された。どうせなら半年間掘ったままにして鉄板でフタでもしておいたらどうなのかと思う。

ぼくの家は木造三階建で、ぼくの仕事場は三階にある。ユンボが地面を掘るのに地面を叩くと三階の部屋だけ揺れる。部屋が揺れると机も揺れる。普段新幹線などでよく原稿を書いているから多少揺れたって仕事はできるが、しかしこれはいかにも異常だなあと思う。正午近くなってくると暑くてクーラーもきかなくなってくる。ギブアップである。

ホテルにずっと泊りこんでいてもいいのだけれど、どうも都心のホテルのあの閉鎖空間が生理的にダメなので、それができない。この頃外に出て見知らぬヒトビトの中に出ていくのがとてもいやになっているしなあ。

一計を案じ、静かな夜中に起きて原稿を書く伝統的夜型作家になることにした。これだと静かでしかも涼しくていい。ただし昼間寝るのがむずかしい。父母が死に子供がみんな外国へ行ってしまって空部屋がいくつもあるので、その日の気分で部屋を選びクーラーをつけて暗くして、無理に寝ようとするのだがオモテのどっかんどっかんギュオーンギュオーンがはじまるとどこにいてもなかなかやすらかな睡眠というのは得られない。今年はどうも本当に思いもかけないことにワザワイされていて、このままでいくとなにかとてつもない逆上的犯罪を犯しそうでコワイ。

青年の頃、中川放水路で空手使いと決闘して折られた三本の歯がついにすべて駄目になり、久しぶりに歯医者にかようことになった。

おかしいもので、いまはその通院がある種楽しみになってしまった。自虐のヨロコビというやつなのかもしれない。これもしかしコワイ話だなあ。

静岡県の三島で仕事があり、久しぶりにノーマルな時間に東京駅から新幹線に乗った。すいていたのでやすらかに静かに本でも読んでいこうと思った。しかし出張に行くサラリーマンが多い時間帯らしく、何人かの人に声をかけられる。電車の中などで声をかけられるのはよくあることで、このあいだはヤングミセスふうの美人に声をかけられて、こういうのはいいなあ、と思ったがその日はぼくと同じぐらいか少し下ぐらいのおとっつぁんが多く、そのうちの一人は昼から酔っていて、しきりに隣にすわりたがるのだが、ちょうど面白い本を読んでいたのでそこまで急速接近されるのも困るのだなあ。

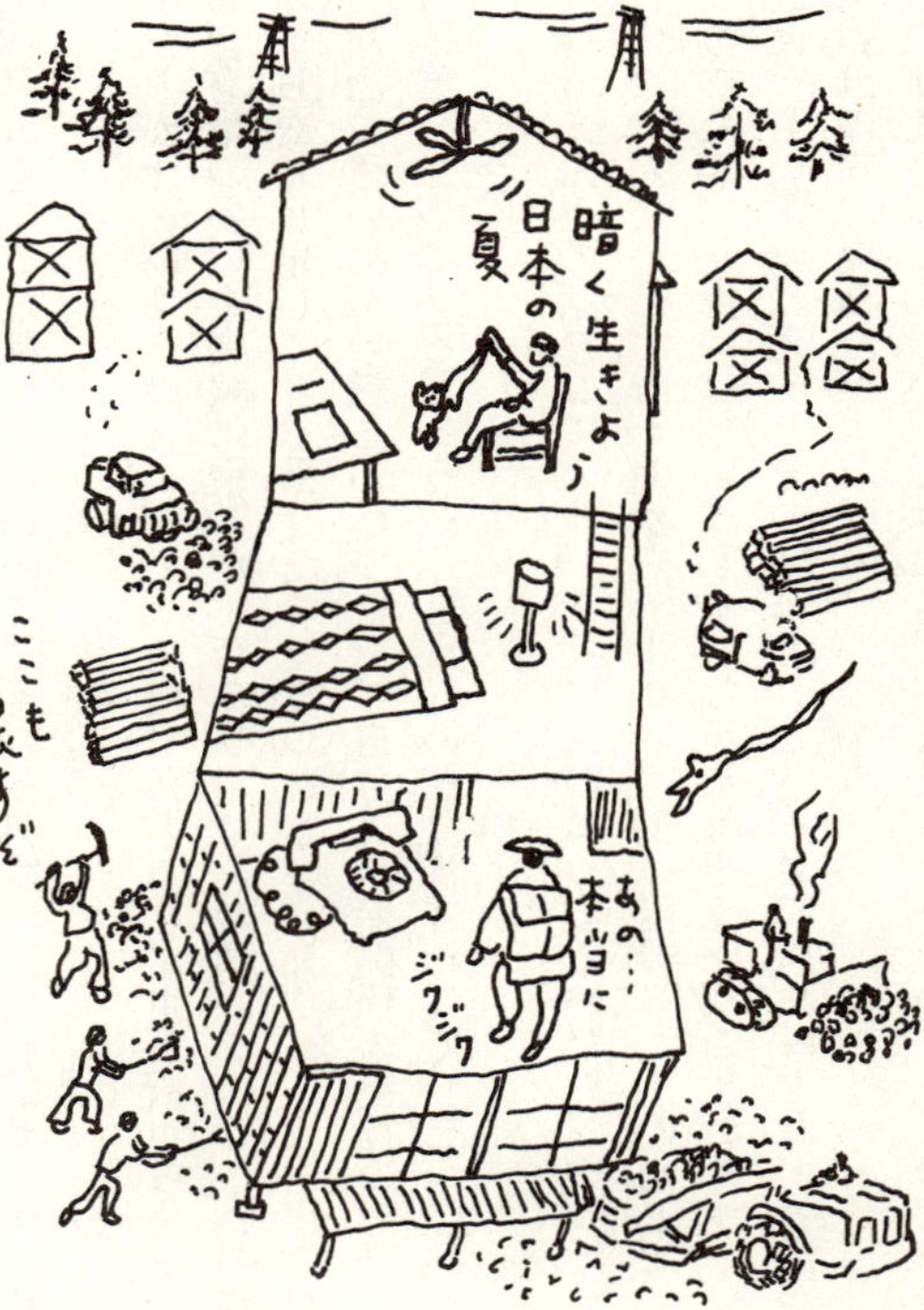

暗く生きよう
日本の
夏
ここも
壊すぞ
あの…
本当に
ジワジワ

もう一人学校の先生をしている人がやってきて、自分は山梨の田舎教師で、難しい中学生を教えているが、このあいだの神戸の事件をどう思いますかと聞かれた。ひとことで考えを述べられるような話ではないのでこういう突然のテレビレポーター的質問にも狼狽《ろうばい》する。

その日は帰りが十一時すぎになってしまった。久しぶりに東京駅からヨッパライのおとっつぁん含有量の多い中央線に乗った。サラリーマンの頃はこのくらいの時間にわれもヨッパライおやじと化してよく乗ったのでなつかしい。

隣に座った酒くさい男が、話しかけてきた。自分は水産関係の会社の部長をしているが、千葉のT君を知っているだろう、と言う。いきなり言われても誰か思いだせない名だった。

「T君はいつもあんたの話をしている。千葉に遊びにくるとかならずやつはオレの家へきて夜ふけまでのんでいく。むかしからシーナの面倒は随分みたものだとよく言っている」と、言うのだが、記憶にはない。しかしむかしはそういうことがあったかもしれないから「ええ、若い頃はねえ」とその話にあわせ、T君にヨロシクなどと決着してできるだけ早く自分の本に戻りたかった。

しかしその部長いわく「むかしではなく、いまでもそうだというじゃないですか。今年も何度かシーナを泊めて夜更けまでのんでてまいった、と言っている」というのだ。

いかに親しくても、ヒトの家庭でのんで泊っていくなんてそんなわずらわしいことはここ十年以上絶対してないのでわけがわからなくなってきた。

部長は酔って同じことを何度もくりかえすのだが、やがて本格的に面倒になって自分の本に戻ると「しつこいけど、Tは本当にいつもそう言っているのだが……」とやっぱり本当にしつこい。

そのうちにその部長はぼくの顔をしげしげと眺め「あんた本当にシーナマコトさん？」と言うのだった。

部長は新宿で降り、ぼくはどっとくたびれた。

翌日、「本の雑誌」定例の発作的座談会のために箱根のなじみの温泉宿に行った。騒々しい家から逃れ早く温泉にゆっくり入り、人生のことでも考えつつ一人でビールでものんでいようと思ったら、メンバーの一人、この頁のイラストレーターの方が先にきていて、このごろしっしんがひどくて、と頭をべりぼり掻いてフケをとばしていた。やすらぎの場はなかなかみつからない。

大声民族のユーウツ

このところソトの移動はクルマが多くなった。一人で運転して時々ラジオを聞きながらいろいろ考えごとをしていく、というのが一番気楽でいい。

でもいつもそういう訳にはいかないから時々電車に乗る。いつの頃からか電車に乗るのがとても嫌になってしまったのだが、その理由のひとつは若い男や女たちの話声を聞かなければならないことのようだ、と最近気がついてきた。

別にやつらの喋っている会話の内容を聞いているわけではないのだが、黙って本を読んでいてもあの傍若無人、がさつでだらしのない大声は、どうしても強引に耳に入ってくる。おしなべて若い男はねちゃくちゃしたニトネト系バカデカ声で、若い女は口ではなく頭のてっぺんのあたりでラッパのように喋っている。ひとくちで言って汚い声のカタマリだ。

ヒトの喋り方というのは知性と文化そのものだ、となにかの本で読んだが、本当は知性ある大人の喋り方の見本を示さなければならないテレビやラジオのプロといわれる人たちも、電車の中の汚い声とたいして変りはないはしゃぎ喋りを平気でしている。

クルマの中でラジオを聞いているとそのことがよくわかる。民放のＤＪは聞いているだけでくたびれるのはなぜなのだろう。結局ＮＨＫのニュースが一番安心できる。ニュースのアナウンサーは語尾をひとつひとつていねいに話していくから安心できるのだろうか。

話し方喋り方の美醜というのをもっと追究していいような気がする。とくに若い女性は、化粧やファッションに一所懸命で、見てくれは「おっ」と思うような人が沢山いるけれど、ひとたび口をひらき、何か喋りだすと信じがたいような幼児語の連続（しかも早口）でびっくりすることがある。ああ喋らないでいたらよかったのになあ、と残念に思うのである。

日本の女性の喋り方が幼稚に聞こえるのはその「カン高さ」にあるようだ。

欧米の女性がテレビや映画で喋っている声はおしなべて低くて落ちついている。ああ大人の女だなあ、と思うのは、喋っている内容ではなくて、その声の出し方に関係しているのだろう。

若い女性ばかりでなく、もともと日本人は世界の中でも「大声民族」のうちに入っており、おじさんもおばさんも、日本だろうが外国だろうが高級ホテルやレストランなどであたりはばからずでっかい声で喋りまくっている。世界大声民族ランクで一、二を争うのは日本と中国らしい。

つまりこれらをベースにして日常的に「カン高い大声」というのが、日本の若い女性の平均的な喋り方になっているのだろう。エドワード・ホールの『かくれた次元』(みすず書房)は、人種によるヒトとヒトの距離のおきかたと、喋り方を説いていてとても面白い。

この本によると上流のイギリス人は、声をコントロールする能力がすぐれている、という。大人の国、イギリスのホテルのロビーやレストランで人の数が多いわりにはしんとして上品な静寂のうちにあるのはそういう理由らしい。

「日本人は視覚的にはいろいろな方法で遮断を行なう。しかし音響的には紙製壁つまりふすま一枚で完全に満足している」(同書より)

おしなべてヨーロッパ人が余計な音(騒音)に弱いのに対し、日本人はまったく騒音

あれが
だっから
島だよ
こわい
さあ

ケイタイ電話専用列車

鈍感人種なのだ、ということがいろいろな面で説かれていて納得できる。

「ドイツ人やオランダ人はこれと対照的に、音を遮断するのに厚い壁と二重ドアを必要とする」

ドイツにチリガミコーカンが成立しない理由もわかるのである。

電車の中のケータイの呼びだし音や、その機械に向っての一人喋りが周囲の迷惑としていろいろ言われるようになってきたのは、その意味では日本人の音に対する反応レベルが少しは進化してきていることなのかもしれない。

女性の魅力的な喋り方、というモンダイに話を戻すと、日本にもまだここちのいい話し方、喋り方をする人々が沢山いる場所がある。

たとえば沖縄である。

沖縄の人々の話し方をウチナーグチという。ウチナーグチは話し方に独得の柔らかさとイントネーションがあり、男も女も不思議に人なつっこい喋りかたをする。

そして沖縄には南の国独得のゆったりのんびりした空気感、気配というのがあって、東京のあの硬質でなんだか意味なくせっぱつまったような圧迫感がない。

言葉はまた〝風土〟そのものなのだ。

若い人が沖縄言葉を存分に使っている、というのもいいかんじだ。ウチナーグチの常套句《じょうとうく》に「だからヨオ」とか「なんでかネエ」「こわいさあ」「上等さあ」なんていうのがある。いずれも超沖縄流フシギ的便利コトバである。

たとえば「だからヨオ」なんていうのはなんにでも使える。

「どうしたネ、随分元気ないネ」

「だからヨオ」

「どうしたネ、随分元気だネ」

「だからヨオ」

どっちも用語用法OKなのである。

会社でもいろいろに使えるそうだ。

「どうした！　また遅刻だぞ」

「だからヨオ」

「なんで遅くなるんだ！」

「なんでかネエ」

「給料へらすぞ！」

「こわいさあ」

あるいは男女間の会話でもなにかと都合がいいようだ。

「あんたどうして無断外泊したの！」

「なんでかネエ」

「浮気してたら離婚即慰謝料だからネ!」

「こわいさあ」

「どうなの! あたしのこと本当に愛してるの?」

「だからヨオ」

相手といたずらに角つきあわせない、というのが沖縄言葉の特徴らしい。こういう言葉を、目鼻だちのくっきりした美人含有率の非常に高い沖縄の若い女性が元気に使っている。

沖縄にいくとなんだか気持がゆったりするのはその広い空やけだるい熱風などと一緒に、そこに住む人々のこうした喋り言葉の〝気配の魅力〟にも大きな理由があるように思う。

小倉で夕陽、日田で蟬

北九州市の小倉へ行った。小倉の位置はわかる。しかし北九州市といわれただけではその市がどこにあるのかよくわからない。

知名度のスケールが逆転しているのだ。

北九州市は小倉、戸畑、八幡、門司、若松の五市が合併して一九六三年にできた百万都市だが、北九州市などという、親ガメの上の子ガメのような名称ではなくて、小倉市とつけたほうがよかったんじゃあるまいか。まあきっとそんなふうにしたら、八幡が黙っちゃいない、若松がたちまち立ち上がってオモテへ出ろ！　なんてことになるから波風たたない妥協の案としてこの味気のない名称になってしまったんではあるまいか。

小倉ＪＣ（青年会議所）のメンバーが「いま松竹の《釣りバカ日誌》のロケ地にと立候補してるんです」と言っていた。北九州市の知名度をあげるためらしい。

聞けば《釣りバカ日誌》のロケにぜひうちへどーぞ、と全国から三十都市ぐらいが名乗りをあげているらしい。オリンピックの誘致運動みたいだ。ロケ地に選ばれると松竹には四千万円ほど出すそうだ。松竹はいい商売をしているなあ。

知名度があがるとどういいことがあるのだろうか、と思ったが聞きそびれた。

小倉に泊るのははじめてで、川ぞいのホテルに夕方入って部屋から外を見たら夕陽が沈むところだった。なんとなく中国の長安で同じように沈む夕陽を見ていた頃を思いだしてしまった。

長安はむかし中国で最もにぎわった古都のひとつだ。いまは北京だが、新しい中心都市にはない風格というものがあった。小倉でそんな古都を急に思いだすのもおかしな話だな。

その夜小倉JCの人たちとおでん屋でのんだ。みんな自分たちのすんでいる町のことを真剣に考えている真面目で元気のいい男たちだった。

それはやっぱり自分たちが生まれて育っている町だからなのだろうな、と思った。

ぼくはいま東京の郊外の小さな町にすんでいるけれど、こんなふうに町を愛する気などあまりない。大人になってやってきたところだし、町の顔が常にこまかく激しく変っていくので、じっくり眺めている余裕がなかったような気がする。

まあしかし、都心にかよっているサラリーマンの多くは、一日のうちの殆どを通勤している別の町ですごしているのだから、自分のすんでいる町などろくすっぽ見ていないのではないかと思う。

翌日の午後、小倉から日田彦山線に乗って大分の日田に向った。鈍行で二時間二十分かかる。二輛列車にまばらな乗客。なんだかなつかしい。

大分に行くIさんと一緒になった。昨夜JCの会にたずねてきてくれた知りあいで、彼女も今日大分へむかうのだ。ずっと別府に母親とすんでいたのに、急に小倉にあらわれたのでびっくりした。訳を聞いたら小倉に好きな男ができて、この町にやってきたのだという。Iさんはぼくの娘と同じ歳なので、それを聞いて「ふーむ」と思ったものだ。

女は好きな男がいたら町なんか簡単に捨てられるのだろう。

でもIさんはその男とはもう終ってしまった。だからまた大分に帰るのです。したがって私はいまオチコンでいるんですよ、と明るい顔をして笑った。女はわからない。わから

ないところに男は惑わされるのかな。

日田彦山線の沿線はまさに日本の正しい夏、正しいふるさと、というかんじである。遠くに低い山。近くの田んぼと小川。カワラ屋根の立派な農家。小さな社《やしろ》を囲んだ小さな森。トンボがものすごい群をつくってとびかっている。

単線なので入れ替え待ちで十分前後の待ちあわせが二回ある。「夜明」という名の駅があった。よあけ、と読む。

日田は毎年きている町だ。大きな川があって小さな川がいくつもあって、山と森があってさっぱりした町があって、古い店がいくつもあって、温泉があって、つくづく美しいところだ。

ただしとてつもなく暑い。蟬がいたるところで鳴いている。

まつりの初日であった。九つの町から山鉾《やまぼこ》が出てきて、今日はそれが勢揃いするのだという。

旅館に近づいていったら、その行列と出会った。中、高生ぐらいの若い青少年が揃いのハッピに足袋にわらじをつけて、力をふりしぼって押したり引いたりしている。

かたわらにベテランらしいおじさんが立っていろいろ号令をかける。その号令に従ってびしびし動く青少年。中には茶髪の子がいたりするが、しかしこの町ではまだ大人がいて青年がいて子供がいる。

サーノはこのエッセイを見ず、
大雪山、トムラウシの縦走に
でかけて
しまった。
クマ
ウシだあ

町を代表して九つの山鉾が出てくるから、それぞれがわが町を競っているのだろう。

川を見おろす展望風呂に入り、さっぱりした気分で川べりを散歩した。川の水はとてもきれいで、底のほうがすけて見える。

亀山《きざん》公園にわたる橋の一方の端で老人が座ってなにやら話しこみ、一方の端で中学生くらいの少年らがしゃがんでやっぱりナニゴトか話していた。

川上のほうでは屋形船がいくつも出ていくところだった。水面すれすれにツバメが素早く飛んでいく。

部屋に戻り、原稿を書きはじめたら、川のほうからオバサン声で「瀬戸の花嫁」が聞こえてきた。続いてオジサン声で「硝子《ガラス》のジョニー」だ。何ごとかと思って窓の外をのぞいたら屋形船でカラオケをやっているのであった。

ひとつの船はおとっつぁんだけ、もうひとつの船からはオバサンだけのうたが聞こえてくる。オバサンとオジサンの男女別々の団体なのだろう。旅行者だからどっちもよその町からきた人々だ。みんな屋形船の内側をむいて互いの顔を見て宴会をしているけれど外の風景見ながらのほうが気持がいいんじゃないかなあ、と思ったが余計なことなのだろうな。

生《ナマ》のモンダイ

夏の一日が終る。今日も暑かった。ようやくおとずれた夕闇の中で、今年はいつもより早くカナカナ（ヒグラシ）の鳴き声が聞こえる。夕暮の中で聞くカナカナの声はなんだかすこしさびしい。シャワーをあびたあと、その鳴き声を聞きながらビールをのむ。なんだか今年は六月に猛暑があって台風がいくつもきて、急に涼しくなったりと、八月に入ったとたん秋がやってきたような気分にもなった。しかしまあ仕事が終ってとにかくビール。一日のうちで一番シアワセなひとときだ。

今年はサントリーのスーパープレミアムというビールに出会って嬉しかった。府中工場でしか手に入らない逸品で、小瓶しかないようだが、これを大ぶりのグラスにとくとくとくとくじゅわー（泡のふくらむ音）と注ぎ、いっとき全体が鎮静化するのを待っておもむろに「くいくい」やるとき、まあいっちゃあナンだが人生の至福というものをつくづく感じる。つらいことも多い人生だが、しかしこういうヨロコビもあるからなあ……と素直に頷《うなず》くのである。

家でのむビールのランクはこのスーパープレミアムと、ヱビスとブラウマイスターが黄金のご三家で、いま流行りの地ビールはどういうわけかどれも濃厚すぎるものが多く、続けてのむには少々あきる。

町で夕方の時間を迎える日は、生ビールのある店をさがす。このところ生ビールを出す店が急に増えたようで〝生ビール命〟の当方としてはまことによろこばしいかぎりである。

しかし、知らなかったことがあった。樽入り（実際は金属の缶だが）生ビールと缶入りおよび瓶入り生ビールはまったく同じなのでありますね。ながいこと生ビールは樽用に作った専用の「生」ビールなのかと思っていたのだが、瓶や缶の生ビールと中身は同じものなのだという。

なんだそうだったのか……、と知らなければよかった秘密の事実（別に隠していたわけではないらしいが……）を知ってしまったようなひどく落タンする思いだった。

「いやあやっぱり生はうまい。瓶の生ビールなどとはくらべものにならないくらいうまいよねえ」などと言っていた自分が恥ずかしい。

でもメーカーの人に言わせると、瓶や缶と同じものであっても、樽の生ビールは工場から出荷してすぐ店にいき、早くのむので、そもそもがうまいらしい。それからよく乾いた大ぶりのジョッキに手入れや管理のゆきとどいたサーバーで上手に入れた生ビールは瓶缶連合軍の追随を許さないうまさであるのはたしかだ。

生ビールというと把手《とって》つきのジョッキでのむのがもっともポピュラーなスタイルのようだが、ぼくは把手のないデカコップ状のやつをしっかとにぎりしめてのむのがすきだ。

夕方近くに町を歩いていると自然に「生ビール」の看板をさがしてしまう。「生」という文字を見ると反射的にココロが騒ぐようになってしまった。

このあいだは町を歩いているとクルマの列の中に「生」の文字を見つけてハッとした。よく見ると「生コンクリート」と書いてあった。そんなのをのんだらひどいことになるだろうなあ。

ビール話を書いたからにはビールのツマミについても触れないといけないだろう。

まあぼくはカツオの刺身が好きなので、そのことをよく知っている人などがいると、おいしいカツオを出してくれる。うれしいかぎりだが、しかし正直なところ、ビールにカツオの刺身はそんなに合わないようだ。カツオはやっぱりゴハンが一番合う。カツオの刺身に合うのはやっぱり日本酒ですな。

もともとビールと刺身はあまり合わないようだ。サカナはイキのよさが一番の生もの中の生を売る生もので、生ビールとでは「生」がぶつかってしまって相殺しちゃうのだ。きっと。

だから寿司屋でも、ビールよりは日本酒、日本酒よりお茶、お茶よりゴハンが一番合うんではないだろうか。

このあいだコンビニで「生寿司」という表記があるのを見て「ナンダロ?」と思ったことがある。間もなくにぎり寿司をいなり寿司やのりまきと区別するために使っているらしい、とわかったけれど、もともと生がイノチの寿司の上にわざわざ「生」をくっつけるとかえってなんだかやすっぽくなるかんじだし、妙にナマグサイにおいがするようでまずそうに思えてしまった。

印刷したものでなくて、印画紙にやきつけた写真を「生写真」というらしいと知ったときもなんだか理由不明のいかがわしさを感じた。どうしてなのだろう。

靴下をはいてない足を「生足」という、というのを知ったときも同じだった。

どうもこの「生」というコトバは語感としてそのどこかに説明のできないタダナラヌものがある。「首」ではなくて「生首」と、どうしてわざわざ「生」をつけるのかわか

まだまだ若いものには
単刀生入にして下さい
ぐふ
生笑い
生鰐
生巡礼
生ガイコツ
ハァ
生寝
生ヨウカン
生火山
生風呂
生ガニ

らない。この場合の「生」はイキのいい生とは別のものだろうな。

唾ではなく「生唾」というとにわかにあやしくなるのはなぜなのか。生あくび、生暖かい、生かわき、生殺し、生兵法、生返事、生酔い、生焼けなどなどはいずれも中途半端なことをさしている「生」で、これらの一群は生ビールの「生」とはまた別の生グループらしい。生半可《なまはんか》グループといっていいのかな。

テレビなどでつかわれる生番組、生中継、生出演なんていうのも、考えてみるとなんだかおかしい。この世界ではビールと同じで「生」のほうがとにかく一格上らしいというのはわかる。

ぼくはワープロをつかわないので、相変らずクラシックにペンですさまじいヨレヨレ文字の原稿を書く。自筆の原稿を業界では生原稿と呼ぶ。生ワープロとはいわないだろうから、同じ原稿でもこっちのほうがエライのだ。そういえば「生娘《きむすめ》」というのがあったけれどもう殆ど死語になっているのだろうなあ。

生をナマと呼ばずにキと読むのはいいかんじだ。生そば、生醤油、生糸、生まじめ、生《き》ビールである。

呆然の夏だった

　よく晴れた風の強い日に高いところから沢山の樹々を見おろしている。風はちょっとした嵐のようで左右縦横に走り回っている。嵐の時とちがうのは雨も降っておらず、空はスコンと抜けるように蒼《あお》く広く晴れ上っていることである。降りそそぐ強い陽ざしの中で激しく、身をくねらせるようにして動いている沢山の樹々を眺めているのが好きだ。岸壁の上に立って打ちよせてくる巨大な波を見ているのと同じくらい好きだ。

　この八月のお盆のさなかに、東京のまん中でそういう状況のところにいた。岸壁に打ちよせる波ではなくて激しく風に動く樹々のほうである。（あたり前かー）

ああすごいなあ……と思っているうちに、どういうふうに精神のメカニズムが働いたのかわからないが、急に心がヘナヘナになってしまった。何かの精神自立のバリアのようなものが突然はずされてしまったかんじだ。理由不明の恐怖に襲われてもうそこにいることができなくなってしまった。なんてことだ。具体的にいうと気分最高、の状態から最低の状態に一気に墜落してしまったのだ。

今年は春頃から不安定な気持が続いていたが、それが再び別の形で再発した、というかんじだった。

お盆の東京は人もクルマも少ない。街は真昼なのに嵐のような風が走りすぎていき、ビルの群が濃い影をつくっている。なんだか途方にくれたような気分で長くて暑い午後をすごした。早く夜になれ、と思った。いつもだったらもうこんなに時間がたってしまったのか、と思う日々が多いのに、この日は時間のすすむのが遅かった。早く夜になれ、と思ったのは明るすぎる都会の風景がいやだったのと、夜になればサケがのめるからだ。いや、別に会社につとめている訳ではないから昼からサケをのんでもいいのだが、心のずっとまん中のあたりで「おめーそれをしたら、おしまいよ」という警告ランプが点滅していたのかもしれない。もうひとつ、昼からのんでヨッパラっていたら、夜になったらどうしたらいいのだ、という問題もある。

かくして、午後はじっとがまんして小説の原稿を書いていた。そうして夕方からビールへ。すぐにもっと強いスピリッツ系のサケへ。ああ、おれは乱れているなあ、と思いつつも、そういう日々をおくっていた。

夜は友人の編集室で睡る。夜更けまで仕事をしている友人がいるとなんだか安心するのだ。暑いからクーラーをつけたまま、ソファにひっくりかえって、そのまま睡る。ああ乱れてるなあ、と思いつつもこのだらしのない睡りがここちよかった。

明け方近くのどが渇いて目がさめる。冷蔵庫の中のつめたい水をのみ、頭をかきむしり、まだ暗い窓の外を見る。友人は反対側のソファで睡っていた。彼はたぶんつい今しがたまで仕事をしていたのだ。

書き続けている小説は四百字で百枚。一日十枚ぐらいしかすすまない。

週の後半に仙台へ行った。実をいうとその旅を楽しみに待っていた。いつもの焚火偏愛集団のおじさん一味と無人島に行ってキャンプするのだ。その島は野生のタヌキと蚊がいっぱいいるので有名だ。あ、そうかいま書いていて分かったが、蚊が野生であたり前だ。養殖の蚊などいるものか——。（実はいるのだが長くなるのでそれは別の話にしよう。ま、とにかくいまの精神状態では、こういうシチュエーションが自分には一番いい）

そこは「松島やああ松島や松島や」の中にある島で、上陸したらいやはや海岸べりの汚ないこと。ゴミの山なのである。このあいだ行った瀬戸内海の無人島もそうだったけれど、人間の住んでいるところから近いところにある無人島というのは、たちまち汚される。かるく舟できて海岸でバーベキューやってバーッと帰っていく日本的バーベキュー派アウトドア一群というのが相当いて、どんどんゴミを捨てていくのだろう。だから、こういう海岸に着くとまずはテント場のゴミそうじをしなければならない。すぐ近くではジェットスキーがけたたましい音をたてて走り回っている。ゴミ海岸とジェットスキー。なんとこれはこの前の瀬戸内海の島とまったく同じ組み合わせではないか。

燃やせるものは燃やす。先週ずっと都会でぐったりしていたから、島にくると、たとえゴミの炎でもうれしいもんだ。

海岸の砂地にはテントを固定するペグ（地面に打つ簡易杭のようなもの）が利かないので、そこらに落ちている竹や棒を土中深く突きさして代用した。フライシート（雨よけ）をがっちり張るとなんというか気分がすごく落着くのである。続いて八帖分はあるタープ（大きな布天蓋）をみんなで張った。ちょっとぐらいの突風がきてもびくともしないようにきっちり張った。さらにまた気分が落着いた。

夕方までテントの前で小説原稿のつづきをずっと書いていた。夏とはいえど東北である。しだいに風がつめたくなってきたので防寒着をはおった。目の前で暮れていく海の

来週は山形だ
バーロー
しかしこう毎週焚火もあきますなあ

風景がなかなかいい。

本格的な焚火が燃やされたのでむなしいブンガクと訣別して、ビール焚火方面へにじり寄っていった。

肴はホヤである。八月のホヤは旬《しゅん》である。こんなにしあわせなことはない。ビールにつづいて日本酒方向にすすんだ。やっぱり東北の島は日本酒がいい。火を囲みながらじわじわと酔っていく。なにか焚火仲間らといろんなことを話したのだが、いまは何も思いだせない。こんな人生でいいのだろうか。

くたびれて早目に睡ったら、翌朝まだ暗いうちに目がさめてしまった。まだみんな睡っている。くすぶっている焚火に新しい木を放りこみ、あけていく海を眺めながらまだ少し残っていたゆうべのコーヒーをのんだ。苦くてざらざらして頭の中をぐいぐいかき回す。

しかしそいつがじつにしみじみうまかった。

山形こんにゃく旅

山形の川西町《かわにしまち》で二泊、蔵王で一泊、戸沢村で三泊という夏の終りの一週間をすごした。連日いい風が吹き、毎日様子のちがう雲が流れていた。時おり小さな雨はあったが、晴れる日のほうが多かったので、帰る頃には陽にやけて我ながら呆然とするほどまっくろけになってしまった。

外にいる時が多い日々をすごしていたのだ。

川西町は米沢に近い人口二万数千人の、山や田の緑に囲まれたところで、夏の雲がよく似合う。田んぼや川にはフナっこはいたかどうかわからなかったがどじょっこだのカエルっこだの蛇っこだのがいて、遠くで夏の終りをややヤケクソ気味に鳴きまくるミンミン蟬っこの声が聞こえる。

ここにはまだ日本の正しい田舎があって正しい夏があった。

田んぼの中に木造の校舎があったのを取り壊さず、ふるさと振興をうたった多目的な施設として残しているのだ。職員室も教室も調理場も体育館も寮も使われていた当時のまま丁寧に保存しているので、調理室ではいまでも多人数分の料理ができるし、宿直室の畳の上では仮眠もできる。体育館には水銀灯がついていて、夜は沢山の虫が集ってくる。

近頃、地方行政はなにかというとすぐに何十億と金をかけた文化センターふうのものをつくってしまって、田んぼのまん中に大理石で飾った超豪華ホールをつくったりしたものの何をしていいかわからず結局カラオケ大会なんてのをやったりして金あるだけのバカ丸出し状態になっているところが多いけれど、この管理保存された木造校舎には、この町に住んでいる人々のぬくもりみたいなものがあって気持がよかった。

ひと回り百メートルぐらいの芝生のトラックがあり、その一方にL字型に桜の木が並んでいる。この桜のたっぷりした葉陰の下に寝っころがると、真夏の正午でも、吹いてくる風の中で肌寒いくらいだった。

ああここは本当に贅沢な夏があるのだなあ、と改めて思った。

玉こんにゃくといも煮がうまい。玉こんにゃくは醤油とスルメのだしでじっくり煮こむのだという。だからこんにゃくといえども味が豊潤にしみこんで、三個ほどを串にさし、洋がらしをつけてたべるとウマウマハフハフ状態になる。

夜はこの校庭でちょっと時期はずれの盆踊り大会があって、当然そこでは花笠音頭である。小学生ぐらいの子供からおばあちゃんまで一緒になって踊っている。花笠音頭というのはよく見ると全身をフクザツに使うけっこうむずかしい踊りだけれど、山形県の人はたいてい踊れるらしい。沖縄のカチャーシみたいなものなのだな、と思った。土地の人々はみんな昔のままで何もなくて、と恥じるのだが、盆踊りが終ると、夜の闇と夜の音がもどってくる。星が頭上で光っている。いやはや久しぶりの星空だなあ、と思ったけれど、これもちょっとすこし前はもっともっとうるさいくらいのものすごい満天の星になったのだという。それではこのままいくともう二、三十年先には見える星の数がさらに減ってしまうのだろうか。

三日後にそこから二時間ほどクルマで走り、戸沢村へ行った。ここは今年の六月に仲間たちと筏《いかだ》下りをするためにやってきたところで、村の中をどすんと最上川がつらぬいて滔々《とうとう》と流れている。その時は台風が去ったすぐあとだったので水量も多く濁流に近い色をしていた。

その折知りあった村の人と再会した。彼は沢に入ると岩魚《いわな》や山女魚《やまめ》を釣り、山菜を採り、それを器用に料理する腕を持っているが、いままで一度もキャンプしたことがなく、この前我々とテントに泊ったのがものすごく楽しかった、と言うのである。

子供の頃からいうところのアウトドアライフそのものの体験をしているのだが、近くに家があるのだからわざわざテントに寝ることもないわけで、したがっていままでキャンプをしたことがないというわけなのである。

そうかアウトドアライフなどといって騒いでいるのは都会に住む人間だけなのだな、それでもって、さして必要でもない4WDなどに乗ってアマゾンにでも探険に行くようなヘビイデューティな恰好をして野山にずかずか入っていって味つけのできているジンギスカンやって「やっぱり自然はいい！」などと叫んでいるのである。

自戒の念も含めてそう思った。

もっともしかしぼくは都会も田舎も同じ恰好同じスタンスで旅している。

田舎に住んでいる人はあたりがあまりにも静かなので、なにかあると大さわぎしたいという欲求があるようだ。

今日も旅館で目をさまし、朝の川を眺めていると、あたりの野山にひびきわたるようなでっかい音楽が流れてきた。演歌のようである。どうも車にスピーカーをつけて大きなボリュームでそれを鳴らして走っているらしい。あとで宿の人に聞いたらこの村のも

さようなら夏物語
あらよ
アッこの子
飛び跳ねている

のではないがなにかの移動商店でしょう、と言っていた。

早朝の川面や山々を風のように流れ渡っていく演歌というのもなかなかいい。

次の日は山の中に入った。植林の杉林の奥に巨大な杉の原生林があった。杉も百年以上自然のままにしておくと近くの二、三本が根のあたりでくっついてしまって、ちょっと見ると杉とは思えないような面妖巨大樹になっている。まあたとえていえばタコをひっくりかえしてその足を上にひろげたようなかんじだ。中にはブナの木を呑みこみ抱きあうようにして両者それぞれ元気に屹立《きつりつ》している怪奇スギブナ樹のようなものもある。

植林の杉林と原生林の差は都会のひよわなファッションアウトドアと、田舎のマタギにも似ている。そのマタギとも会った。いまは山中に何日もこもって歩き回るマタギはいなくなって日帰りマタギだという。息子がいるが都会に出てしまって後継者がおらず、自分の代で終るのだ、とやや残念そうな顔で言った。帰る日の早朝ものすごい雨が降り、最上川はすぐに増水した。川は流れ、人もどこどこ流れていくノオという沖縄のうたがなんとなく頭に浮かんだ。ぼくの夏はそろそろ終りだ。

信州生ビール問題

松本の駅前のホテルで一泊した。夕食の前にとにかく生ビールだ。近くの生ビールの看板の出ている店をさがしてそのうちの一軒に入った。中年夫婦がやっていて、店には太ったオバちゃんが出ている。

生ビールと馬刺を注文した。それから新聞をさがしてカウンターの前に置き、なんということもなく前を見るとオバちゃんは洗い場にあったビールの残っているジョッキを持ちあげて残りをザッと流しに捨て、水道の水で形ばかりほんの一秒こしゃとすすいですぐにそこに生ビールを注いでいる。

あのジョッキ誰のところへ行くんか?!　とぼんやり見ているとなんとわがカウンターの前にドンと置かれたのであった。水もろくに切っていないびしょぬれのジョッキであるから泡などまったくない。

「うひゃあ」

と思いました。目下のわが一日は、夜になってうまい生ビールをのむためだけに存在しているに等しい。

その夜の待ちに待った最初の一杯がまさかこのような最悪な状態で訪れようとは。

ここで「オバさん、せめて乾いたジョッキで生ビール下さい」と堂々と注文をつけられればこれまでのわが人生ももう少し別の歩み方ができたのだろう、けれど、まわりに大ぜいのお客さんがいて、いま自分の目の前に生ビールがある（びしょびしょだけど……）。

（……ま、いいか、しょーがないか。永い人生のうちにはこういう最悪の生ビール状況という時もあるのだろう……）

と、どんどん一人で妥協していき、黙ってソレをのんだ。うまいわけがない。あろうことかジョッキの底のほうに何かの白い食いカスのようなものが漂っているのが見える。

その店はそれで出てしまったが、その時思った。ビール会社はただもう生ビールとサーバーを注文に応じて売るだけじゃなくて、こういう田舎のオバちゃんに生ビールが生ビールとしてうまくのめる最低の条件を、注ぎ方の実地指導つきでおしえてあげる必要があるのではあるまいか。オリンピックもいいが生ビールのこういう問題も早くなんとかしてほしい。その日のビールのヨロコビは最初の一杯に八十パーセントがたの比率がかかっているというのになあ。ああくやしい。

翌日もいい天気だった。十時にチェックアウトして伊那へむかった。伊那では映画の上映会があり、そこで上映後一時間ほど話をする、という仕事があるのだが、それまで六時間もある。どうしようか、少し考えた。書くべき原稿は沢山ある。昨日は五時頃目がさめてしまい、その後睡れぬまま本を読んでいた。だから少々睡たくもある。

伊那は松本よりも山々が近く、山裾から町まで長い傾斜があって緑が濃い。できればこういう大きな空、大きな風景の中で原稿を書きイネムリなどしたい。（そうだ、どこか山の近くの公園でも捜してみよう！）

いい思いつきだった。こんなにいい天気で空気のいいところにきているのだからホテルとか喫茶店などにこもっていたくはない。
その気になって捜してみると案外簡単に「公園」の案内看板を見つけることができた。
道路は見わたすかぎりの畑の間をまっすぐにぐいーんと山の方にむかって延びている。道ばたには色とりどりの花が咲いていて美しい。歩く人の姿はなく、ときおり車とすれちがうくらいだ。

ほどなく目あての公園に着いた。駐車場に数台の車しかなかったのであらかじめ予想はついたが、土曜の午後というのに公園の中に殆ど人の姿はなかった。遠くに山のつらなり。そのはるかむこうをゆっくり流れる雲は夏と秋の入れかわりを告げるような、晴天のわりには形が曖昧で、どうもメリハリがない。

公園のまん中に巨大な塔が立っていた。よく見るとただの塔ではなくて風車のようだった。オランダの風車の形に似ている。風もないのに一定の速度で大きな羽根が回っている、電気式自動回転風車というのだろうか、なんだかおかしい。まだできて間もない公園のようでもあった。

かなり長いベンチの上に日よけのよしずがわたしてあり、その上になにかの蔓草《つるくさ》が這っているなかなか具合のよさそうな場所を見つけた。

ちらほら見える人の姿はたいがい親子連れで、あつくるしいカップルの姿が見あたらない、というのもなかなかよろしい。

ベンチの端の一番日よけの影の濃いところにすわり、ひと息ついてから、原稿用紙をひろげた。作家という職業でよかったな、と思うのはこういう時だ。つまりいつでもどこでもペンと原稿用紙さえあれば業務開始できることである。

しかも目下はとてつもなくきれいな空気と、静まりかえって無音に近い夏の終りの正

母ちゃんだあ
ビラ

午のけだるさにかこまれている。これでここちのいい風がとおりぬけていったらとりあえずわしもうなーんにも文句ないけんね状態に入ってしまい、やがてはあまりのここちのよさにいねむりしてしまうことだろう。

ごしごし、とまず二枚ばかりエッセイの原稿を書きだした。テーブルがないので膝の上のプラスチックケースが原稿台だが慣れているスタイルである。

ごしごし、とさらに二枚。

——それから数十分後、いきなりバタバタととび跳ねるようにしておきてしまった、ナンダナンダ、ドーシタノダ!!

すぐ近くで何か大きな音楽が聞こえる。公園中にひびきわたるような音だ。音のする方を見あげると、あのオランダ的風車の塔からそれが聞こえる、キンコンカンと鐘が鳴り、壁からカモメがとびだして羽根を動かし空中を泳いでいる。とっさにはなにがおきたのかわからなかったが、どうやら一時間ごとにこの塔はこういう仕掛けでひとさわぎするらしい。ああびっくりした。夏の終りの空の下、ハイテク時計風車カモメ塔と呆然作家の組みあわせはなかなかよろしいようで、そのあと都合三回ここちのいいイネムリからおこされたのだった。

サイコロドンブリ問題

麹町のしゃれた中華料理店に入った。生ビールの表示があったから、ちょっと軽くイッパイ、と思ったのだ。細長い店で、中は男の、それもみんななぜかでっぷり系のサラリーマンばっかりで、こういうおとっつぁん客に生ビールが入るとフトイ声のボルテージが上ってうるさいものだけれど、そこは妙に静かだった。

ピータンとあんかけカタヤキソバに生ビールを注文した。大柄な派手な化粧をしたその店のおネーさんはおっそろしく愛想が悪い。怒ったようにブスッとしてコトバが何もない。ただもうぞんざいにメニューを差しだし、注文すると黙って店の奥に去っていく。ま、でもしようがないか、と思いつつ本を読んでいると、やがて生ビールとピータンがきた。この素早さはなかなかいい。ピータンの上に細切りネギがそえられ、油のまじった醬油がかかっていて、辛子を少しつけて口にすると、これがまことにねっとりとしてエキゾチックにうまい。生ビールもいい冷え具合で、先週の松本駅前びしゃびしゃ生ビールと雲泥の差である。ジョッキでなくて大ぶりのグラスというのもよろしい。

続いて出てきたあんかけカタヤキソバは、一見単純なつくりのように見えたがひと口たべてびっくりした。内にひそんだ豊潤な切れ味とでもいうべきか、カリカリチリチリしてビールによく合う。生ビール三杯のおかわりをした。

大柄なおネーさんは最後まで無愛想のかぎりであったが、しかしそのときフト思ったのは、とてつもなく愛想がよくてサービスがよくて、しかし出される料理は途方もなくまずいのと、こういう店とどっちがいいか……ということであった。

そんなことを考えながらタイミングよくやってきたタクシーをひろって近くの駅の名をつげた。無言無反応のタクシーであった。

ここ十数年、だいぶよくなってきたとはいえまだとてつもなくかんじの悪いタクシーはある。久しぶりにそういう一台に遭遇したのだ。乱暴な運転、駅についてもひとことも何も言わず黙って前をむいている。その時、このタクシーの料金が三百四十円であることに気がついた。東京で走っているとは聞いていたが乗ったのははじめてである。

降りて駅の改札口にむかう間に考えた。愛想のいいフツーのタクシーと、料金は安いけど無愛想な三百四十円タクシーとどっちがいいか。睡ってしまえばおんなじだが、気分としては大いに迷うところではあるまいか。

この運転手はもともとそういう性格なのか。あるいは他のタクシーの半分ぐらいの三百四十円である、ということにひたすらハラをたてていたのか。だとしたら毎日そうやってブスッとしていなければならないから、そういう日々というのもけっこう大変だろうなあ、と思う。

電車に乗って家に帰るのは久しぶりであった。夜九時半だがけっこう混んでいて、ぼくのすぐ横に立っている女の人は、今日の仕事に疲れたのかやっぱり不機嫌そうにムッとしている。

前から感じていたのだが、その日のように同じような状態の人々にたて続けに会う、というようなことがときおりある。

たとえば朝からあやしい目の人とたてつづけに出会ってしまう、とか化粧の濃い匂いのつよい人とよく会う日だとか、そういう日替り特集みたいなことが人生の日々にはあるのではないか。

ツイてる日、ツイてない日、というのとも関連しているような気がする。

ツイてる日とその逆のツイてない日というのは本人にもある程度わかるのだから、これを上手に利用していくのがかしこい人生というものなのだろう。

賭けごとに強い人に聞くと、賭けごとには必ずツキがあるからツキが回ってきたなと思うとその機をのがさず一気にガンガン攻めていき、ツキがおちたなと思うととにかく素早くガードを固めできるだけ質素にしてじっと静かに次のツキの訪れるのを待っているのだそうだ。

サイコロとドンブリで勝負するチンチロリンなどはこのツキが九割以上を左右しているというので、こういうメカニズムをしっかり理解している人とそうでない人との差がよくわかるらしい。

日常生活や仕事の上でもこのツキの気運というのはあるだろうから、それをよく知っておくのと無視するのとではその人の一生はかなりちがったものになってしまうのではあるまいか。

もっともしかし、その人の一生分のツキの分量はあらかじめ決まっていて、それを小さく小分けするか、大きくいっぺんでどおーんと使ってしまうかでもだいぶ話はちがってくる。

しかし「あなたの一生のツキはこれだけありますがコレ一括払いにしますかそれとも分割のほうにしときますか?」なんてきかれても困るだろうなあ。

アッ父ちゃんだ

男と女の出会いにもこういうことは大きく作用するようで、男女がらみの事件の実話ストーリーなど読むと、ああこの場でこの男はこの女と出会わなかったらこんな殺人事件をおこさなかったのかもしれないのになあ、などと思うことがよくある。でもこういうヒトはそこでその女と会わなくても別のところで会った女との関係で別の殺人をしているかもしれないし、そう考えていったらきりがないので考えてもしようがないのだな、とやがてこっちも気づくのである。

教訓としては、ツイてないと思った日は家に早く帰って早く寝てしまうことだろうけれど、そうすると夜更けに目がさめてしまって寝つかれず、仕方なく本など読んでいるうちに寝不足になって、翌日電車でついつい寝入って財布をすられたりするから果して早寝作戦がいいのかどうかわからない。

思えばその日ぼくが麴町界隈で出会ったのは、外見は悪いけど中身はなかなかよろしい、という傾向であったから、その日はもっと遅くまで街を歩き、もう少し怪しいものどもと出会っていたらよかったのかもしれない、と今になって思うのである。

ヒト、ヒトと会えば

ふいに有名なヒトとでっくわす、ということが時おりある。この間は新宿のホテルのロビーでピアニストの山下洋輔さんとバッタリ会った。

「いやいやどうも」

「どうもどうも」

「しばらくぶりで……」

「お久しぶりで」

「ちっとも変ってませんなあ」

「山下さんもお変りなく」

言いかたはすこしちがうが、あとで思いかえしてみるとこっちはまるっきり山下さんの言っていることをくりかえしているだけだ。あらかじめの気持の準備がないから会話に余裕がない。

「じゃあそのうちまた」

「いずれどこかでまた」

やっぱり同じことを言ってスバヤク左右に別れた。山下さんとは大体三年に一度くらいの周期で会う。この前会ったのは渋谷でリングスの前田日明さんと一緒に軽くビールとサンドイッチを食った時だ。

東北の一関へ向う新幹線では俳優の小沢昭一さんに声をかけられた。やっぱり久しぶりである。隣の席が空いていたのでそこに座って少し話をしたが、この時もアガってしまった。山下さんも小沢さんもまったくいつでもキサクな方で、腰が低いし、素晴しい人なのでその人間的な迫力を感じる。

一関ではみちのくプロレスのナゾのペインティングレスラーとビールをのんだ。偶然入った店だったが、サンマとカツオのとびきりうまい刺身があったので逆上してこいつをどおーんと大皿山もり注文してしまった。プロレスラーはやっぱりのむのもたべるのもすごい。生ビールジョッキ三杯のんで、ゴハンを丼にいっぱいカツオの刺身でわしわし食って、そのあとまた生ビールをはてしなくのんでいた。一日三回めしをくって三回クソをしますよオレ、と力強いことを言っていた。

東京に帰ると、その足で六本木のベーレンという店にいき東海林さだおさんと会った。

これは対談の仕事であらかじめわかっていたので落着いて生ビール。その日は「世間とは何か」ということについて話した。

この対談は毎月、一回行なっていて、テーマはその日会って話がはじまってから発作的かつ自動的に何かにきまっていく、というもので「世間」というテーマになったのは六本木というその場所から自然にそういう方向へむかったようだった。すなわち、

「青山とか六本木というようなところへ来るとなんだかアガらない？」

「そうねえ、なんかまわりが気になるね」

「なんでまわりが気になるのかネ」

「つまり〝世間が〟ってことでしょうかネ」

などという具合になっていったのだ。

その日六本木の交差点の周囲にはなぜかチャイナドレスの女が沢山いて、それとは関係ないのだろうけれど、防弾チョッキをつけた警官が大勢いた。山口組の抗争が関係しているのだろうか。それにしても警官やパトカーをいきなり見ると、ドキッとするのはなぜなのだろう。

世の中には〝殺気〟を発するヒトというのがちゃんといて、たとえばホンモノのやくざはそばにくるとなにかチリチリと突き刺さるものを発している。アフリカのマサイ族もあきらかに殺気を発射していて、そばにくると目がシバシバしてくる。むかし中、高校生の頃、ぼくはよくケンカをしたが、家に帰るとフシギによく母親に言いあてられた。負けて顔が脹れている時などはわかられて不思議はないが、ときたま勝ってオモテムキ無傷のときも「ちょっとマコト！」と見破られてしまうのだ。あれもやっぱり何かヘンなものをわが身から発射していたのだろうか。

あきらかに浮気をしているある友人は口ぐせのように「妻がコワイ」といっている。これはやっぱり浮気の〝気〟が隠しても隠してもどうしても外に出てきてしまうからなのだろうなあ。

週末に福岡から長崎へむかう小さな旅行をした。福岡のホテルで往年の大スターと呼ばれる人と遭遇した。もう一人では歩けないらしくて、そばに介添がいてやっと歩いていたが、それがかえって目立ってしまって、気がついた人も多かったようだ。むかしは、いわゆるスターとしてのオーラを発していたのだろうが、そこではなんとなく妖気のようなものを発しているかんじだった。スターのように世間に見られるのに慣れているような人というのは常に世間に対して何かの〝気〟を発しているのかもしれない。

福岡の繁華街に親不孝通りというのがあって、いかにも親不孝っぽい店が並んでいる。

夜は家にかえりなさい
赤マント見たゾ
有名人ってなんだ
オレも
求む男
アケミ
カオル

裏通りの公園には深夜まで若い連中がたむろしている。

そこでこの通りの名をなんとかしたらどうか、と地元の警察がいい、では親不孝ではなくて親孝行通りに変えようではないか、という動きがあると聞いてあなたバカではないですか、と思った。

名前を変えたらとたんに親孝行の若者が集るというのであろうか。親孝行ばっかり列をなして歩いている道というのを一度見てみたい。

親不孝通りのはずれにあるいかにも親不孝っぽい店で十一時すぎまで酒をのんだ。翌日午前中の列車で長崎へ。この列車が例によって冷房のきかせすぎでさむいのなんの。

原稿を書いていたが手が冷えて痛くなってくるのだ。たまらず車掌にもうすこしあたたかくして下さい、と言ったら、「あついという人もいるので！」という返事。みると斜めうしろにノースリーブでがあがあ寝ているカバ的オバサン一行がいた。

あのヒトたちはすでに怪獣化し、寒いのもあついのもなあーんにも関係ないのではあるまいか、と思ったが、そんなこと言って当人らに聞こえてしまったら命がなくなるので黙って両手をこすって上着のフトコロに突っこんだ。おばさんパワーが発射しているのはオバ気ということになるのだろうか。オバケと似ているが、それも聞こえたらまずいことになる。黙って目をつぶった。

黄金のヒミツ島へ

これまで何百回となくキャンプをしてきたが、その歴代キャンプの中で文句なくベスト3に入ると思われる日々をすごしてしまったので、いまわが精神も肉体もボーッとしてしまい、社会復帰に時間がかかりそうである。

そこはどういう場所かというと、岩のつらなる海岸で、そのずっと上のほうは火山である。常に濃い噴煙があがっており、岩のあちこちからあつい湯がしみ出ていくつもの細い流れをつくっている。流れる湯の細流が岩海岸の窪みにたまっている。これすなわち温泉でありますね。できたてあつあつの天然純朴温泉なのであります。

そこから五メートルほど先の岩の窪みになんとか一人用テントを張れる場所があったので、海に入口をむけてわが家を建設した。およそ五分で完成してしまうテントのわが家であるが、目の前はこれいちめんの大海原で、岩に打ちつける波濤が四六時中きっちり勝負している。やるときはやるんだかんな、ではなくていつでもやってるんだかんな、の力にみちた巨浪である。どどーんざばあああんという音を聞きながら超個人的できたて温泉に入る。

すぐ横に氷の入ったクーラーできっちり冷やしたカンビールがある。

もうわし、これ以上なあーんにもいらんけんねの状態になっていたのである。この温泉に入ってカンビールを二本ものむとすぐねむくなってしまう。そんな程度のカンビールで酔うわけはないのだが、つまりはこれ全身が文字通り身心ともにゆるみ切ってしまっているからだろう。あまりにここちよすぎてなんだか世の中に対して申しわけない気もするが、ここんとこいろいろ厄介なストレスに覆われていたので、とりあえずカンベンねがいたい。

島の名はヒミツだが人口は百人と少しで、昼間集落を歩いてもまあ殆どヒトの姿はない。

ノラネコものんびりと空など眺めているし、むかし村会議員だったという老人は堤防に座布団を持っていってやっぱり静かに遠い海など眺めている。ここでは時間はゆっくり流れ、空も海もそれぞれ自分流の時間をすごしているのだ。

夜は晴れていると天の川が夜空の細長い雲のように中天を覆い、その左右で火星や金星がちかちかと笑っている。

十一時頃に月が出ると、あたりは文字が読めるくらいの明るさになる。月光にひかる海というのは怖いくらいに物問いたげで、こういうものと黙って向いあっていると、ふだん都会の生活では耳の先にもかすめないような「人生とは何か」とか「生きていくということはどういうことなのか」などということを考えたりしそうになるが、考えたってしょせんは何もわかりはしない、ということもよくわかっているから結局はボーッと無思考空気頭のままでそれを眺めているだけなのだ。マヌケだけどわが能力の限界だからしようがない。

島の小学生や中学生は道で会うと「コンチワ！」と元気よく声をかけてくる。ここでは老人も子供も仲がいいし、誰でも道で会ったら初対面でも笑って天気の話などする。人間が人間として生きているのだなあ、ということを実感するのだ。

ある日の夕方、ぼくの甥っ子によく似た二十歳ぐらいのやや茶髪の青年がニコニコしながらやってきた。片手に石鯛をぶらさげている。

島の港湾にケーソンを埋める仕事をしているそうで、魚を手みやげにちょっと話をしにきましたあ、とやっぱりニコニコ顔で言うのだった。日が暮れるまで石鯛の刺身を肴にショウチュウをのみ、くたびれるとテントにもぐりこんで睡る。雨が降る日はテント地を叩く雨の音が睡眠促進効果をおよぼしてさらに果てしなく睡れてしまうので、フトわが今後の人生に不安を感じたりするのだった。

漁船に乗せてもらって、その隣のもっと人口の少ない島にわたった。ここは全島竹ばかり生えていて、強い風が吹くと島中の竹が唸るような音をたてるのだという。少し前にやってきた直撃台風によって、道の左右に倒れかかった竹がつらなっていて、なんだか竹生物に占領されつつあるSF的な風景でもある。

島の住民がみんなで勤労奉仕の片づけ仕事をしていた。

内地からやってきて島の小学校につとめる女の先生数人と会った。とても元気がよくて笑い声がたえない。やっぱりその日もビールをのみつつ遅くまでいろんな話をした。この島の小学生は八人で、中学を出るとみんな島外に出ていき、あまり戻ってこないそうだ。

唯一戻ってきた今年四十一歳になるおじさんもやってきた。島では畜産をやっていて、黒い牛を育てている。一頭売ると二十〜三十万ぐらいになるそうだ。

島には一週間ほどいた。そのあいだにけっこういろんな人と知りあいになったので、

おはよう
おじさんコレ
時の流れは早
あれから10年か

帰りは大ぜいの人が見送りにきてくれた。

いざサラバというときになるとみんなしてバンザイ三唱になってしまったのでなんだか都会へ出稼ぎに出ていくような気分になってしまい、ついつい「では行ってきます。ガンバってきます！」などと言いそうになった。

どんどん小さくなっていく島を眺めているとこの一週間が自分にとってつくづく精神的にここちよく作用したようだな、という実感があった。

地方空港から羽田へ、タクシーで新宿へ、またたく間にいつもの混沌と猥雑と狂騒の街に戻ってきてしまった。そのけたたましさがいやかというとそうでもない。時間のとまった島もいいが、こういう狂った街もけっして嫌いではない。要は自分の中の感覚のバランスなのだろうな、と思った。

なんで世間が許さない？

　このあいだ山奥の旅館にとじこもっている日々があり、その折、暇な夜のつれづれに入った店でカラオケの連打をあびた。あけっぴろげな客が多いのでまるでシロウト演芸大会で、酒のみつつ、けっこう楽しんで入れかわりたちかわりのおじさんおばさんたちの歌を聞いていた。

　なかにとても節まわしと感情移入の上手なおじさんがいて、この人が身ぶり手ぶりを加えてうたうのが抱腹絶倒的逸品でいやはや笑えた。

　「さざんかの宿」といううたでとびきりなのは、

　〽愛しても愛しても、あああ、ヒトの妻

と、いうところで、人さし指で虚空をさし、腰がくねくねする。妙に気配をつかんでいて見ごたえがある。

土地柄か、その日くりだされたうたは殆ど演歌だったが、酔った頭で聞いていると、男と女の人生がぎっしり詰まっていて演歌も中々いいのだ。

演歌の中でかたられる男と女は九割がた悲恋で、嘆き節、恨み節でつづられる。たて続けに何曲も聞いているとなんでこれほどまで愛している二人が一緒にいることができないのか実にもどかしく、イラだたしくしまいにはハラだたしく思う。

たとえばあるデュエット曲では、男の方が女に「お前は本当に心からよくつくしてくれた」と感謝し、女は「あんたは自分をいつも心からやさしく愛しかついたわってくれた」と互いに切々と愛と感謝をのべあうのだが、しかし別れなければならないのだ。聞いていると、コレなんとかならないものか、と思うのである。状況によっては弁護士に相談すればもうちょっといい方向へ解決の糸口がつかめるのではないか、ともどかしく思うのである。

が、しかし具体的にその男女の間で何が問題になっているのかわからないからそこのところがさらにもどかしい。

よく聞いているとこの両人の場合、どうも〝世間〟が二人を阻《はば》んでいるらしいとわかってきた。

〽なんで世間は引きはなす――

二人で声と声をあわせて、そのように切々と哀しみを訴えてうたは終るのである。

そうか、相手は世間か……。

ここで思わぬ難敵を知って少々考え込んでしまう。思えば「昭和枯れすすき」のさくらと一郎も最初から最後まで悲恋を切々とのべていてとにかくこれはかなしくてかなしくてしようがないうただけれど、これも悲しみの主なる理由は〝世間にまけた〟からなのである。

「世間が許さない」

と、よく言うけれど、世間はそんなにエラく、いつも正しいのであろうか。

「オール讀物」十月号のコラム「テレビ虚人列伝」（清野徹）は宇津井健のことを書いていてとても面白かった。なるほどそうなのだ。宇津井健は新東宝の「スーパージャイアンツ」からテレビの「ザ・ガードマン」にいたるまですべて強固に正義の人のイメージでつらぬかれていてそれ以外の役割りを世間が許さなかった。宇津井健といったら正義、正義といったら宇津井健——とまるで海苔の山本山化していたのだ。

ぼくが子供の頃、おじたちが「原節子はウンコをしないのだ」と言っていたのをおぼえている。子供心にもそんなわけはない、と思っていたが、しかし、今思えば原節子のウンコを許さない世間の怖さをその頃から強引に知らされた、ということになるのだろう。

かつて一番思いがけない犯罪の組み合わせは「学校の先生と性犯罪」であった。教師が性犯罪がらみの騒ぎをおこすと新聞は大きな紙面をさいて「信じられないことだ！」などと大袈裟に憤りそして嘆いてみせる。

教師のそういう犯罪は常に大きく扱われる傾向にあるから、イキオイやたらに目立つことになり、ここ数年教師の犯罪が非常に多くなっているような印象がある。

教師が性犯罪に遠い、もしくは遠くあるべきだ、という世間の認識はどうもすこぶる幼稚な気がする。

警官の犯罪も同じように「あり得べからざること」などと世間は驚いてみせるけれど、これなどもっと幼稚な認識で、病院の医師や看護婦が、一般の人よりもむしろ病菌に冒されやすい状態に常にあるように、犯罪世界と直接かかわっている警官のほうがむしろ犯罪者側に引き込まれ易いと考えたほうがわかり易いような気がする。

発展途上の混乱した国では往々にして警官が最も市民から怖れられている、という現実がいっぱいある。ぼく自身も何度か（ホンモノかニセモノか区別がつかなかったけれ

世間がゆるしてもオレがゆるさない。
そうですか
私たちもこまっています。
世間ってつまり「あんた」「きみ」「お前」のことでしょう。
おやじどけ

ど）制服の警官らしき人物にあやうく金品をとられそうになった経験がある。

　そういう意味では、日本の警官はむしろ異常ともいえるくらい厳格に生真面目で従順、まっとうに正しすぎるような気がする。だから逆にいま最もキケンであるのかもしれない。

　僧侶はみんな坊主頭で肉食を拒み、色ごととは無関係、という紋切り型の認識はもう誰も持ってはいないと思うけれど、でも旅先などで、カラオケで演歌を上手にこぶしをきかせてうたうお坊さんなどに出会うと少々考えこむ。実は冒頭の「さざんかの宿」の名調子はこのお坊さんなのであった。

　高校野球児の坊主頭や、横綱の面目、サッカー選手のさわやかな汗、などはまだ世間の望むありうべき規格イメージとして成立しているようだけれど、清純な女学生や大人より弱い少年達というのはつい最近崩壊したようだ。

　この大いなる誤解のイメージは、見破られて瓦解した訳ではなく彼や彼女らが内側から、つまりは自分らの意志でその塗り固められていた殻をペイントごと破ってしまった、というところに意味があるように思う。

　要するに「やってらんないよ」、だったのだろう。

黒い夜の赤焚火

この間突如として八ヶ岳山麓の林の中でキャンプをした。ナラの疎林の中に小川が流れていて、おどろくべきことにこの水がつめたくてきれいですっかりミネラルウォーターなのである。標高は八百ちょっとあったけれど、すぐそばまでクルマで来てしまえるので、まったく夢のようだ。

目の前に使われていない広大な牧草地がひろがっている。とにかくキャンプで一番ぜいたくなのはテントのすぐそばにそのまま飲める小川が流れていること、であるがまあ日本の場合はよっぽど山の中に入っていかなければそのような恵まれたキャンプ地などまずない。

まるでヨーロッパの森の中みたいなのである。人の姿がぜんぜん見あたらない、というのも今どきの日本では信じがたいことである。

ヨーロッパの森とちがうのは、その牧草地のはずれに一軒だけ民家が建っていることで、この不思議なくらい素晴しい場所のヒミツは、実はこの一軒の家にある。

——というと、なにかここが凄《すさま》じい惨劇のあった家のように思われてしまうかもしれないが、そうしたらまたヨーロッパの森になってしまう。

ヨーロッパの森によくあるようななんとも重く暗い城ではなくて、我々の目の前にあるのは、平凡ないまふうのつくりの二階建の家である。

正体はバブルである。

バブルの頃、ある企業がここをリゾート地として売り出そうと計画し、森を切りひらき、清水が湧いて流れる小さな用水路を流し、道をつくり、とつまりはまあそういうおぜんだてをすっかりしたあたりでバブルが崩壊した。

いち早く牧草地の一画に家をたてたその一軒家だけが残ってしまった、という訳なのである。あとの家づくりのプランがことごとく消えてしまったので、その一軒家は少々さびしそうなたたずまいではあるけれど、しかしそれも考えようで、この日本版〝大草原の小さな家〟から見る風景はまことに贅沢しごくで、家の前にひろがる広大な牧草地と背後にある森をまったくもってひとり占めの状態なのである。

我々はすなわちその家のうしろにある森の中にテントを張り、その贅沢の一片を一日だけ味わった、という訳なのだが、あたりには焚火のために切られたとしか考えられないような木の枝がいっぱいころがっていて、これをどう燃やしてもいいのである。

酒をのんで夕食をすませ、焚火の炎を見てまたウィスキーをちびちびやっていると、火のはぜる音とすぐそばを流れる清水のせせらぎの音が聞こえて、あとはまったくの静寂。

バブルがはじけなかったら、いま頃このあたりには数十軒のしゃれた別荘ふうの家がたちならび、なにやかにやと騒々しくニンゲンの音をたてていたのだろうなあ、などと思いつつあたりを見回す。しかしそこはあくまでも黒く沈黙した山の中の本当の黒い夜なのだった。

話かわってまた別の旅。

法事があって十月のはじめのよく晴れた休日、静岡の千本松原で有名な宿場町「原」にある古い禅寺に行った。三連休のまん中の日だったので渋滞を心配してかなり余裕をもって家を出たら予定よりも一時間半も早く着いてしまった。仕方がないので海へ行ったらこれがものすごい波でうれしいのなんの。海から吹きつけてくる風が強烈すぎて波うちぎわまで歩いていくと、しばしうしろに吹きとばされそうになる。こういう風と対決するのはつくづく面白い。大きなベニヤ板を二、三人で持って突っ走っていって、ぶわーんとものすごい風が吹いてきたら一人だけ残して他はそこらにしゃがんでしまい、残った人がベニヤ板ごとどのくらい吹きとばされるか、なんていうタタカイをしたら面白いだろうなあ、などと思ったが法事を控えているからそんなこともできない。

法事は一時間ほどですんだが久しぶりに長時間正座した。正座をすると背中が自然にしゃきっと伸びる。この禅寺のお経はサンスクリット語をそのまま読むので何もわからない不信心者でも唱和しやすいのだ。すっかり全部おぼえて、深夜の電車の中で静かに「ぎゃあてぃぎゃあてぃはらぎゃあてい」などとつぶやいている、というのもなかなかいいのではあるまいか？　などと発作的に考える。

一族で清水に移動し、とてつもなく旨い寿司屋で会食。その店は二回目なのだが、いやはや本当にうまいのなんの。マグロ以外は全部地のもの（というかこの清水の海のもの）で、ハマグリやあなごがこんなにうまいのか！　としばし呆然とした。

北海道とチベットからの客人を連れてその日は伊豆長岡の温泉宿に泊った。この宿がまた料理自慢なものだからこれは困ったことになった。昼食が遅かったので、まだ腹がへっていないのである。

温泉にゆっくりつかればなんとかなるかもしれない、と思い下駄にゆかたで庭の露天

あの人たちホームレス
背広ないの？
ハマグリもアナゴも
韓国ですよ
日本人って
訳が分からん
あと10回

風呂へ行った。他に客がいないのでこれサイワイと、露天風呂のまわりでしばし運動をした。毎日朝十分ぐらいやっているヒンズースクワットと腹筋とプッシュアップを三セットずつ。これと温泉の組みあわせはなかなか効果的なような気がした。

三十分ほどすると「よおし！」という気になった。いやはやしかしこの感覚はつくづくバカグルメ化しているではないか。しかし今はそれを嘆いている心の余裕はない。あとからきたチベット人の青年はゆかたと下駄がはじめてなので、一歩もすすめないのがおかしかった。ゆかたが足にからみついて歩幅ができず、下駄はこわくてダメだというのである。

次の日は風もおさまって、まさに東海道日本晴れとはこういう状態をいうのだろうな、と感嘆しつつ富士山を眺めながら東京へ。水戸黄門ご一行のうしろ姿が頭のむこうにチラチラした。

あなた変りはないですか

今日、キャンプ道具を福井へ送るために宅配便を出したけれど、自宅の電話番号を伝票に書くときに少しためらった。

このところ時間無差別の無言電話の狂気攻撃が続いていて相当に腹が立っていたからだ。

日本という国は年ごとにさまざまな面でどんどん異常になっているけれど、深夜に何度も無言電話をかけてきて、じっと黙っている、というのは異常の中でも相当に悲しい異常なのだろうな、と思う。

こうして週刊誌に毎週私生活にからまるエッセイを書いたり、ＣＭに出てバカづらをさらしていたりするからある程度は覚悟している。もっと心を大きくひらきそんなふうにして異常な電話をかけてくるのはなにか精神内面の問題があるのだろうから、一度静かにそのことを聞いてやればいいのかもしれない――、などとも思う。けれど実際にそれがかかってくると中々そんな大きな心にはなれないものだ。別段悪意のない単なる間違い電話でも、時間によってはかなり苛《いら》つくことがあるから、つまりは悪意のかたまりのような深夜の連続無言電話などには時としてバクハツ的な殺意を感じる程だ。しかしその殺意も幸か不幸か相手が特定できないからむなしくカラ回りするだけである。

日本はこれだけ先端技術が進んでいるのだから早く相手の発信先の番号がわかるガードシステムを一般化してほしいと思う。

聞くところによるともうすでにそういうことは技術的に可能で、システムもできているらしい。しかしそうなると何かがまずくなるので（その内容は忘れた）実用はまだ見送られているらしい。そんな理屈を言ってないでどんどん実用化してほしいのだ。

ハナシ変るが九月から十月にかけていろいろ古い知りあいと会う機会が続いた。古い知りあいだからみんな中年である。この歳になると同世代でもそろそろ病気の話が多くなる。

当然ながら成人病の話題が多い。高血圧、糖尿病、痛風、緑内障、ガン……。親しい人にもモロにそういう病いにかかる人が出てきたのでまことに切ない気分になるし、緊張する。とくにアウトドア関係の、つまりはまあもっともハードな日々をすごしてきた仲間が、やっぱり生涯のターザンやポセイドンにはなりきれなかったのだなあ、と知り、つらい気持になる。しかしだからこそ人間っぽくていいのかなあ、とも思うのであるけれど……。

前に書いたが、今年ぼくは精神的によく理由のわからないダメージをくらって、春から夏の終りの頃までどうにもとらえどころと脱出口の見つからないサンタンたる苛だちとくたびれの日々をすごしてきた。それだから、古い知りあいのそんな肉体的な切ない話をきくとますますぐったりしていたのだった。

精神科のカウンセリングのついでに簡単なヘルスチェックを受けた。二年ぶりであるし、とにかくこの二年間殆ど欠かさず毎日酒をのんでいたし、同世代の知りあいに糖尿病だの肝炎だのという人々が増えていたので、じわじわと不安であったのだが、結果はとりあえず問題なかった。

医師は肝臓のガンマーGTPの数値がオーバーといっていたが二年間ひたすら痛めつけてきたのだから当然だろうなあと思った。これで肝臓もパーフェクトだったらオレはオバケだ、と自分で思った。

とりあえず深く感謝した。この歳まで髪もまだたっぷりあるし、白髪も殆どないし老眼にもならずにいる。毎日ビールもうまい。ひとつ問題なのはつまりは精神なのだった。酒を欠かさず毎日のみつづけていたのも、どうやら結局はそこに起因するようだ。精神は、腕たて伏せを毎日やっても強くできないしなあ。

そんな折に仕事がからんで久しぶりに千葉へ行った。わが十代のあらくれ千葉だ。あの頃は世の中に怖いものなんて何もなかった。こんな状態のときに、そういうノスタルジックな土地へ行くのは少々不安だったが、昔の先生や同級生たちと会うと、気分はたちまち元気よく青春時代にもどっていくのだった。

かつてのわがクラスナンバー1の美女がいた。しかし三十数年の年月はその美女を約三倍にふくらませていた。びっくりしたが、まだ顔のまん中にあのころの美人のおもかげがある。聞けば土建業だった父親の跡をついで女社長になったが、反ゼネコンの世間の逆風で経営ストレスにさいなまれ、それでとにかくひたすら太ってしまったのだという。

女社長になどならず、どこぞの奥さんにでもおさまっていればまた別の人生もあっただろうが、しかしそのキップのよさは中々カッコよかった。会社の名が「山一組」といって耳で聞くだけだと音《おん》が一字ちがいなのでよくそのスジのものに間違われるのがタイヘンなんだよお、と言っていた。

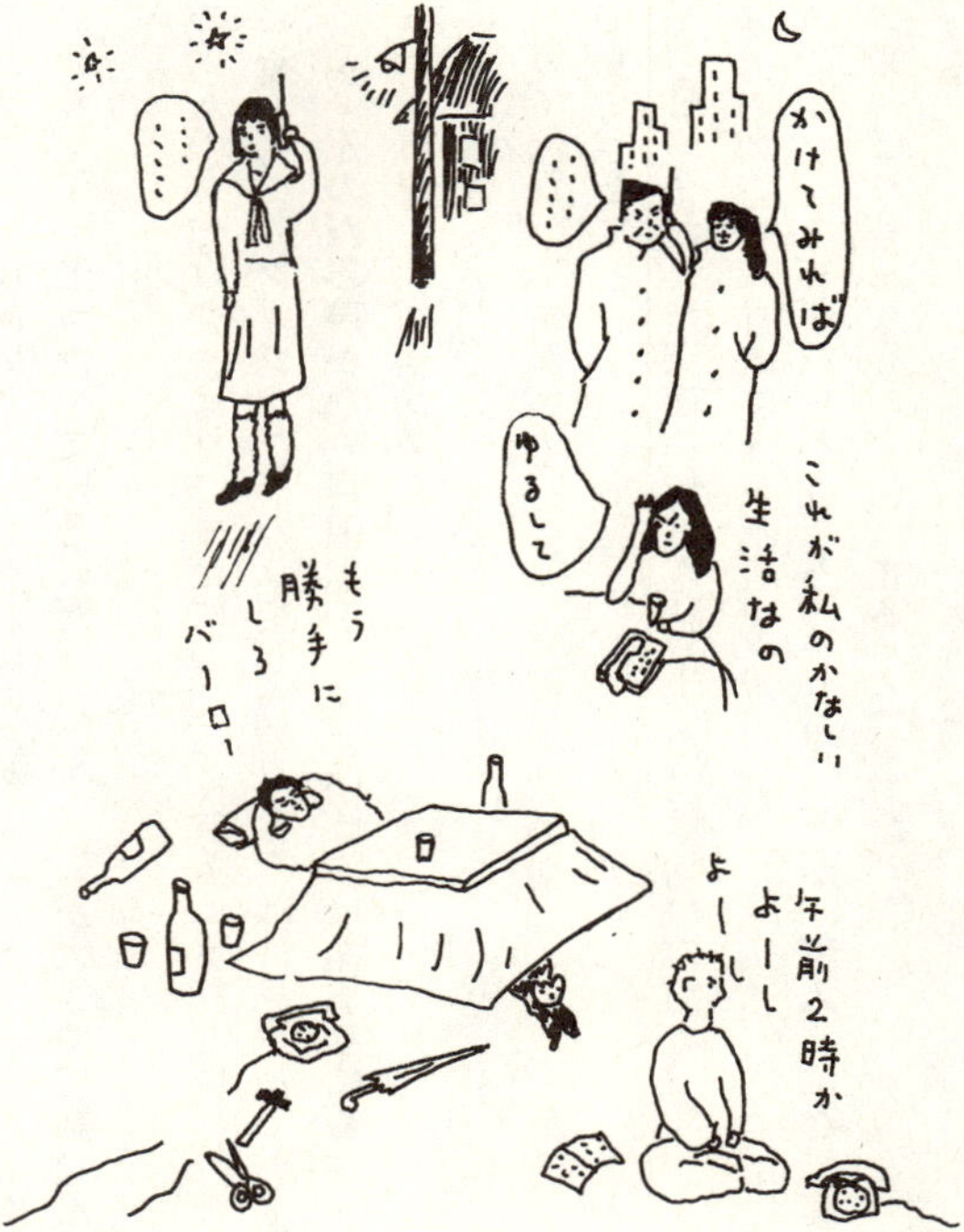
かけてみれば
ゆるして
これが私のかなしい
生活なの
もう
勝手に
しろ
バーロー
午前2時か
よーし

そのあとはお定まりのカラオケバーへ。今日はどうせとことんまで千葉三昧でいこう、と覚悟したのだけれど、出向いたカラオケバーのうるさいこと。来ている客がのべつまくなしにとにかくずーっとうたっているのだ。ボリュームが大きくて話なんぞできやしない。

日本の夜の大人の文化はやっぱりいまだにつくづく貧しくさびしいのだなあと思った。歌手のようにそうしてガンガンうたうのは楽しいのだろうけれど、とにかくのべつまくなしのおとっつぁんのだみ声がなり声演歌の連続というのはあまりにもつらかった。

〽あなたかわりはないですかあ〜

と、うたいまくる親父が、しなをつくる。

〽あなたバカではないですかあ〜

と、思ってしまった。

帰ってきた翌日、またまた深夜に無言電話だった。電話口の前で、

〽あなたかわりはないですかあ〜

とひくい声でうたってあげたらどうだろう、と思ったが、寝入りばなで腹立ちのほうが先にきて、やっぱりそんな心の余裕はまるでなかった。

北陸三角ベース団

福井の盛り場をぼんやり歩いていた。とくにあてはない。夜なのでとりあえずビールでものみたい。何年かに一度やってくるぐらいのところだから知っている店というのもない。しかしどうせならビールはやっぱり生がいい。まず生ビールだ。それから北陸の酒にじわじわと移行しよう。

いま、ビールのことを書いていて、ああやっぱり、と思ったのだが、このわずか数行のあいだにぼくは「とりあえずビール」と「まず生ビール」と書いている。

ここへくるときに飛行機の中で『ビールを愉しむ』（ちくま新書＝上原誠一郎）という本を読んでいたのだが、その冒頭に、日本にやってきた外国人は日本人の宴会の席に呼ばれると必ず「まずビール」とか「とりあえずビール」とみなが口々にいうので、日本には「とりあえずビール」と「まずビール」という二大ビールメーカーがあると思い込んでしまうそうだ。「月極駐車場」という全国制覇している大手駐車場会社があると思いこんでいる外国人もいるらしい。しかしこれは、ビールとは関係ない話だった。

むなしく笑いつつ、駅近くの、それらしい店が集っている一角をしずかに歩きまわり、とりあえず好みの濃い味生ビールの看板が出ている店を見つけた。やや大きめの居酒屋である。

こういう知らない店に入るのは少々スリルがある。生ビールのメンテナンスが悪くて、びしょぬれのジョッキにじょわじょわと泡ならぬ、大きなあぶくのからまる馬のションベンのようなのを出してくる店があるからだ。

そういうとこは、生ビールはまずいが酒の肴は旨い、というような例はまず皆無で、要するに一事が万事なのである。だから一発目の生ビールが勝負なのだ。

で、勝負！

いやはやよかった。ジョッキがきめこまかく大、中、小とあって、中をたのんだら、札幌のビアホールやドイツのレストランなどで主流の、把手《とつて》のついていない大ぶりのグラスで、泡立具合も泡のかげんもまことによろしい。いかったいかった……と一人でよろこびながら、目をつぶってうぐうぐとやった。

鯖《さば》のへしこ、という肴がうまかった。鯖のぬか漬を焼いたもので、これは弁当のおかずにしても実にうまそうだ。日本海のいかも絶品。路地をへだてたどこかの店から聞こえてくるカラオケの演歌も本日は〝いい仕事〟をしている。一事が万事なのだ。

翌日はよく晴れたので午前中宿の近くを散歩した。むかしの城跡に県庁の大きな庁舎ビルが建っていて、城址はそのうしろ側にあった。堀と大きな石の城壁に囲まれた県庁のビルは、まさしく現代のお城である。むかしの城のあったところに県庁の建物をどかーんと建ててしまう、というのはわかり易いが、しかしあまりにもあからさまであられもない気もする。「あ」行が多いな。

午後に三国町へ行き、東京からやってきた「あやしい探検隊」のテント部隊と合流した。すでに設営されているキャンプ地は、海べりの林の中であった。予定では近くの無人島にテントを張ろうと考えていたのだが、そこはすぐそばにある東尋坊《とうじんぼう》で飛びこみ自殺した人のユーレイがしょっちゅう出てくるというので変更したらしい。ぼくは日本のあちこちでキャンプしているが、いつも焚火と酒で気分よく秒速で睡ってしまうのでまだユーレイ関係とは遭遇したことがない。しかし「いわくつき」の土地というのはたしかにあるも

ので、その昔北海道の十勝川をカヌーで下ったとき、ある堰《せき》のそばのキャンプ地で、突然真夜中に目がさめ、急に全身がゾクゾクふるえたことがあった。なんだろカゼでもひいたのだろうか、と思ったがそのまま睡ってしまった。翌朝、同行していた仲間の一人が同じようなことを言い、やっぱり同行していた犬のガクがそのときいつもとちがう声でおびえたようにしきりに吠えていたのだった。その犬はいわゆるその方面の感受性がするどいようだ、とあとでわかったのだが、あの時尿意を催しテントの外に出たら、きっと「見た」のかもしれない。鈍感は損だ。

さて三国町のキャンプでは、地元で農業をやっている知りあいが百パーセントのコシヒカリを何合か持ってきてくれた。仲間のリンさんがそいつを上手にたいて、立川の三上鰹節店からリンさんが買ってきた血合抜きの超高級鰹節（百グラム八百円）を醤油でといたのをあつあつゴハンにかけてかきまわす。いわゆるひとつのネコメシというやつであるが、これがじつにまったくうまいのなんの。久しぶりに日本の底力を全身で感じたのだった。

キャンプ仲間が八人もいるので、それじゃあひとつ野球でもやるか、ということになった。

このごろぼくはむかしなつかしい三角ベースの野球に凝っている。沖縄の島で見つけた漁網の浮き（ソフトボール大の硬質なもの）を使うとカキーンと高校野球のような快

コナカ
肉うどん
焼酎
生ビール
カメラ
兄ちゃん あいつだよ

音をたてて、しかしあまり飛ばず、おじさんたちにはちょうどいいのである。早速北陸三角ベース団を結成し、広い野原で一時間とすこし、ついつい夢中になってたたかい汗みどろになってしまった。

三国町では「おろしそば」という逸品に出会った。ダイコンオロシをそばの上にかけるのではなく、ダイコンオロシのツユ(だし汁と割ってある。これが白く泡だってまるで生ビールそっくりなのだ)をたっぷりかけてわしわしとたべるのだ。たったそれだけなのだがこいつがしみじみと気の遠くなるほどからくてからくてヒーハーヒーハーいいつつやっぱりからくてからくて、それでも箸はとまらずヒーハーヒーハーやりながら、全員三枚もおかわりしてしまった。いくらたべてもそばとともに消化剤をのんでいるようなものだから、いくらでも入ってしまうのである。福井の旅は変化にとんでおもしろかった。

またヒミツの無人島へ

ながらく行きたいと思っていた無人島にやっといけた。今年は後半になってキャンプの旅がたて続けだったが、その中でも久しぶりに無人島中の無人島といえるところをやっと制覇した。〝制覇した〟は大袈裟だが、まあ歩いて周囲五、六百メートルのチビ島である。気分としてはまさしくそんなかんじだった。

沖縄の座間味《ざまみ》島からシーカヤックであやしい探検隊の六人のおじさんたちと船出した。メンバーはカヌー親分の野田知佑、モリつき名人川上裕、水中写真家の中村征夫、料理人林政明、半魚人谷浩志、居酒屋放浪人太田和彦といった顔ぶれで、まあ仕事も趣味も好みもみんなバラバラ。唯一の好みの共通項は焚火と酒である。

上陸した島には広い砂浜と岩山と大小のタイドプールがあって、生き物はケラマ鹿とおびただしい数のヤドカリ。あとは巨大な空と常にごんごん動いている雲と強い風。

いつものようにそれぞれ思い思いのところにテントを張った。風が強く砂地の場所なのでテントのペグがぜんぜん利かない。幸いあっちこっちにサンゴのかけらが沢山ころがっているので、これにひっかけてそれぞれの簡易住居がとばないようにした。

あとはとくにやることがない。川上と谷が魚を突きに海に出る。太田が凧をあげ、林が仕入れてきたカツオをさばき、中村が焚火をつくり、野田がおそいヒルネをする。ぼくはただもう風の中でボーッとする。それでいいのだ。

あたりが闇になる頃、泡盛の乾杯がはじまってじわじわといい気持になる。酔いが深まるにつれてなにかいろんな話をしたが何を話したかすべて忘れてしまった。

このごろ焚火宴会をするときはいつもそんなふうだ。あとにまったく残らない話というのは精神的にすこぶるいいような気がする。話した内容はおぼえていないが、気持は終始とてもよかった。要するに話が焚火と同じく燃焼していたのだろう。

無人島で焚火を囲んで話をしていると、まあ当然のことながらヨソから誰かがいきなりやってくる、ということはない。お店の人が「九時でオーダーストップですが」などと言ってくることもない。

だから、誰かがひとつの話をすると、ずっとその話を聞いていることができる。自分が話すときも同じで、言いたいことをすっかり話すことができる。

以前から時おり気になっていたことがあるのだが、無神経な会話の現場というのがあって、たとえば料理屋で五、六人で話をしているとする。一人が熱心に話をしているところへ仲居さんが何かの料理を持ってくる。

「ハイ、どぜうの丸煮でございます」

なんぞと目下のこちらの話におかまいなしにでっかい声で言ったりする。するとみんなが一斉にどぜうの丸煮を眺めて「ワア」とか「オオ」なんぞと言って、せっかく盛りあがりつつある話のコシがまったくもってバキッと折れてしまう、なんてことがよくある。

どぜうの丸煮なんてテーブルに置かれたのを見りゃあわかるのだから、店の人は黙ってそっと置いておけばいいし、話をしている人々は、たとえ仲居さんが叫ぼうが唸ろうが、話のつづきを聞いていればいいのだ。それが酒席の話の大人の場のつくり方なのだろうと思う。

しかし、なかなかそういう場面はなくて、今まで話を聞いていた人々がみんなどぜうの方にむいてしまって話をしていた人は誰を見てどうつづけていいかわからなくて困っている場面なんてのがよくある。いわゆるひとつの本末転倒というやつだろう。まあしかしその人の話が長くてつまらなくて、どぜうの丸煮でやっとひと息つけそうだ、などという場合もあるのだろうけれど……。

本末転倒の権化《ごんげ》は、結婚式の祝電披露というやつで、わざわざ忙しい時間をさいてそこに出席している人をさしおき、虚礼もいいところのおしきせ電文を、それも秘書かなにかにやらせただけのものを、どうしてみんなしてうやうやしくそれを聞き、おまけに拍手まで強要されねばならないのか。

——などということを無人島で怒っていてもしようがないのであった。

九時には酔いと話にくたびれてきてテントにもぐりこんだ。汐がみちてきていて、テントのすぐそばまで打ちつける波の音がきこえる。夜になっても強い風がテントを激しくゆさぶっていて、その音がすこぶる睡りにここちいい。

犬のガクの夢をみた。今年一月に死んだ、あやしい探検隊のメンバーだった犬だ。海ではなくて、川べりのキャンプにやつがいてあちこち走り回っている夢だった。犬のガクが死んだ、という知らせを聞いたときは涙が出たけれど、夢を見たのははじめてだった。

「おお、おまえ、生きていたのか！」

ナロー
ハーイ
おじさん達の青春は
いつおわるの
だろう。…

と、うれしがってぼくが声をかけていたから、夢の中でも、やつはもう死んでしまっている、という認識があったのだろう。その日の晩のように焚火を囲んで話をしているとかれはいつも安心した表情で焚火を囲む我々の間に顔を出し、黙って話を聞いていた。

翌朝、海から獲ったばかりの魚でだしをとった味噌汁と沖縄ふうの味つけの野菜料理でしこたま朝ゴハンをたべた。島の朝めしは常にうまい。もしかすると酒よりもうまいかもしれない。

その日もたいしてやることはないので、野田知佑が持ってきた長さ三十メートルのさし網で追い込み漁をやり、そのあと浜辺でビーチバレーをやった。三人対三人のおじさんビーチバレーである。突如として、こんなものをやると「ソーレー！」とか「いくわヨー！」などと叫び出すやつがいて、どうにも真昼から果てしなくキモチ悪くなっていくのだが、しかしひとたび勝負ということになるとたちまち我を忘れて夢中になっていき、十五分後には全員ゼイゼイハアハアのヒトになっていた。

すっぽんのよろこびと悲しみ

すっぽんをはじめてたべた。場所は赤坂の高級な店で、政治家とか実業界のエライ人が常連だという。そういう場ちがいなところへ何故行ったかというと、雑誌の対談の場がソコだったからだ。いつも新宿の居酒屋でエイヒレのマヨネーズのせとかサバのみそ煮なんか食って「世の中にこんなにうまいものはない！」などと力強く感動している者にとって、赤坂方面の高級料亭へ行くとなると気持は相当にアセル。

そそうがあってはならない……と緊張する。まず服装から少し迷うが、アセッてスーツなど着ていくとこれまでの体験からろくなことはないから普段の恰好でいくのが一番無難ということは最近わかってきた。もっともしかし、間違って裏口から行ったりすると、野菜でも届けにきたのかと思われてしまうこともあるから入口を間違わないようにする注意が必要だ。以前赤坂の日枝神社裏のやっぱり超高級料亭で裏口があんまり立派なのでついそっちへ行ってしまい完全に配達人と間違われて仲居さんに笑われてしまったことがあった。

店は「すっぽんさくま」。出迎えてくれた若女将がまことにほくりとやわらかい笑顔の美人で気どっていなくて嬉しくなった。すっぽんみたいな人が出てきたらどうしようと思ったのだ。

まだ料理していないすっぽんをその若女将に見せてもらった。カメとちがってこいつはまことに元気がよくてボウルの中をがしゃがしゃとあちこち動き回る。甲羅の下からとがった三角形の小さな頭が出てきて、これが実にすばやく陰険に左右に動く。くいついたら指などもがれてしまうそうだ。

最初にすっぽんの血を酒にまぜたものが出てきて、次はすっぽんスープ。「おお！」というほどうまい。

すっぽんは強壮効果があるというので有名だから、対談の話はそこからはじまった。ぼくはかねてから、強精強壮については男ばかりがいつも大さわぎし、熱心にそれを追究するのがギモンであった。女の人はあまりソッチ方面に関心がないのはどうしてなのか。

サラリーマン時代、社員旅行にいくと旅館の冷蔵庫からまず最初に赤まむしドリンクがなくなった。みんな競って赤まむしになりたがっている。

強精強壮にクマのチンポコだとかオットセイのホーデンだとかを競ってたべる、というのも疑問だった。いかにクマやオットセイが精力がありそうでも、アノ部分そのものを食ったってクマやオットセイのようにツヨークなるわけではあるまい、という素朴な疑問がある。

だったら、オオカミの目玉を食ったら目がランランとつよくなるというのか——。犬の鼻を食ったら、翌日から、周囲二、三キロの匂いがたちどころにわかってしまうというのか——。わからないなりにも、その日すっぽんのスープでつくったおじやは絶品で、ぼくは何度もおかわりしてしまった。しかしけっして強精強壮にアセッたわけではないヨ。

その夜である。正確には明け方である。おおなんてことだ。久しぶりにかなり濃厚な艶夢を見た。小説に書けそうな不倫のシチュエーションなので夢とはいえどめざめてしばしコーフンした。おきてもしばらく呆然とし、こうしてはいられない……と思った。考えてみるとおれも来年は「失楽園」の主人公の歳だ。再びこうしてはいられない、と思ったが

ウォース。山下
原稿の年末進行がはじまったぞ。

しかしどうしていいかわからない。呆然と立ちあがって、よたよた階下におりると庭で犬がさわいでいる。いまはおまえなど散歩させている時ではないのだ。もっと大事なことがあるのだ。なにしろ「失楽園」なんだかんな、おまえにはわからないだろうが……などと思いつつ、フト時計を見るとあせった。たいへんだ。これからクルマで静岡県にいかねばならないのだ。どっちにしてもこうしてはいられない。

弁護士の木村晋介と静岡のある市の市民会館に向った。彼から頼まれて、その日「憲法を考える」というテーマで講演をするのだが、憲法のことなど何もわからない。

「とりあえず何話してもいいんだよ。おれがあとですべて憲法にむりやりむすびつけてフォローするから」と木村がいうので、安心して「世界における便所とクソの話」をした。こういうのだったら果てしなく話せる。主催者の弁護士の会長らしき人が絶望的な顔をしていた。頼むほうが悪いのだ。でも観客はみんな笑ってよろこんでいたぞ。

終って、打ち上げの会場へ行ったらおどろいた。七十人ぐらいの人がいてここも大盛況なのだ。イキのいいカツオが出てきたが、リーダー株の弁護士が隣にきて大きい声でいろんなことを言うのでそのツバが全部カツオにかかってしまうのがつらかった。日本の宴席のおとっつぁんは職業にかかわらずみんながなりたてるように声が大きい。

二次会は一時《ひとと》来《き》という名の日本酒専門の店だった。女主人が日本ではまだ数少ない日本酒のソムリエ（酒匠《さかしょう》）の資格があるという。くるくるとよく働くなかなかの美人だ

いい湯かげんです
すっぽんの
お風呂も
どうぞ
すっぽん
ハーイ。けしてもう
ジーンズで
来ません。
「ありがとう
ございました」
これが赤坂の
手巻き
すっぽんです。

ったのでたちまち惚れてしまった。なにしろ本日はすっぽん化しているからなあ。

かたくちに入れた銘酒を、生醤油をちょっとたらした豆腐でやるのが一番おいしいですよ、と美人酒匠はおしえてくれた。

いいかんじでのんでいると、さっきのツバとばし弁護士がまたまた隣にやってきて「あんたの本を一冊流し読みしたけどどうにも作風が軽いねえ」などといきなり言いだしたのでせっかくの酒と豆腐がまたツバだらけにされてはたまらないと思ったがカウンターなので逃げ場がない。

別の弁護士がもう一方の隣にきて「あんたの○○を読んだけど、○○のところだけちょっとだけおもしろかったよ」などという。

さっきまで隣にいた唯一おだやかな半白の弁護士は、別室の小部屋へ行ってしまっている。初対面のカラミ弁護士にサンドイッチ状態になったおれは両耳をとざしてカウンターのむこうの美人だけ眺めていた。

一行はそれからカラオケバーへ流れた。フィリピンの女たちが沢山いるところだ。おとっつぁんたちはそうしてガアガア朝までツバとばしてうたっていなさいね、とつぶやきつつ、約二分で外に脱出し、目の前のホテルへ帰った。

愛しのぴょんぴょん靴

　女つーのは何をするかわからない、というけれど最近わからないのはやたらに底の高い靴をはいた女である。まあ見たことのある人には、その状態をくわしく書かなくていいだろうけれど「なんだなんだ？」というヒトのために一応説明しときますね。むかしポックリ下駄というのがあったけれどあんなかんじに七〜八センチの総厚貼りの底がついている。靴屋にはそんなのがずらっと並んでいるから流行っているのだろう。

　このあいだは神田駅で確実に十五センチぐらいあるのをはいた女がやってきたのでびっくりした。そのくらい高いのをはくともうフツーの歩き方はできないらしく、手すりにつかまってヨタヨタと階段を降りていた。まあここまでくると一種の竹馬みたいなものので、いったん倒れるとなまじっかなことじゃ起きあがれないんだろうなあ、と心配になった。

メキシコのクエルナバカという、なんかそこでは弁当など食いたくないな、と思えるような町でルチャリブレ（メキシコのプロレス）を見たとき、比較的小柄なメキシコレスラーの中にひときわ大きなフランケンシュタインふうのレスラーがいて、大きいな、と思ったら十センチぐらい底の厚い靴をはいていた。このレスラーがジャイアント馬場の十八番《おはこ》ジャイアントキック（ただ足をあげるだけ。相手が勝手にぶつかる）をやると堅い靴底らしくていかにも効いていた。しかし倒れると起きあがるときに時間がかかるので、敵に同じようなスタイルでキックされるのだ。笑った。

あれはアークヒルズのあたりのビルの上だろうと思うけれど、ドクター中松という人の顔看板があって、電気じかけで両目がピカーッと光る。あのあたりはよく渋滞するので退屈ついでに凄いなあと思いながら見ている。このドクター中松さんがいつだったか選挙に立候補したとき、ご自身が発明したというぴょんぴょん跳ぶバネ靴をはいていて国会の門の前でぴょんぴょん跳ねているのをテレビで見たことがある。さっき女つーのは何をするかわからない、と書いたけれどおじさんだって何をするかわからないのだった。しかしこのバネ靴は子供の頃にそういうのがあったらいいな、と当時の正しい少年は誰もが思ったもので、中松さんは正しいおじさんとしてそれを実現させてくれたのだ。

あの靴が流行って、サラリーマンが通勤の時にみんなはいていったら丸の内あたりの風景はもっと楽しいものになるのだろうになあ、と思った。

ニューヨークあたりではインラインスケート靴で通勤している人がいて、これが実にカッコいい。日本は歩道が狭いのであれはなかなか真似ができないからやっぱりせせこましくぴょんぴょん靴がいい。部長のところへ書類もってぴょんぴょんとんでいくなんていうのなかなかヤル風景ではないか。

ハナシかわるけれど、こないだ仲間うちでやっている「発作的座談会」のために箱根のある旅館にいったのだけれど、仲居さんの手伝いをしている若い男が長い髪をカチューシャでとめていた。最初は女かと思ったのだが男であった、こういうときのウラギラレかたというのはなぜかコノヤロ的にぐったりするものがありますね。あとでその話をしたらいまけっこうカチューシャ男がいるのだそうで、そうか若い男も何するかわからないのだと思った。ついこの間までズボンさげてパンツみせて歩いていたしなあ。そうか考えてみたらおじさんなんかむかしからステテコで歩いていたし、子供の頃一時期いた東京の下町の銭湯ではフンドシひとつで桶もってやってくる知りあいのおじさんがいた。いま考

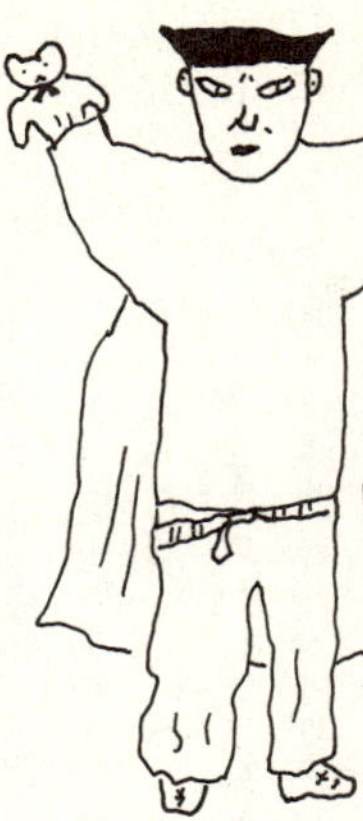

あ。

えるとアレは話が早くていい。もっとも夏だけのハナシで冬はやっぱりつらいだろうなあ。

で、そのカチューシャをした男だが、アルバイトらしく、何も訓練されていなくて料理を立ったままうしろから肩ごしにハイヨと我々の座卓に置いていくのである。なんだか給食を受けている小学生みたいな気分だった。しかもこの男、香水をつけていてそのたびにフワッと匂う。あれれやっぱり女だったのかなあ。しかしヒゲはえていたものなあ。そうか！　なにするかわからない女は今度は髭などはやしはじめるかもしれない。スネ毛の永久脱毛する男が増えているというから女はぜひ髭の方向へ行ってほしい。

ドクター中松さんの看板のように目をピカピカ光らせる、という手もあるぞ。いまはコンタクトレンズに青目灰色目緑等々いろんな色があるというから時々発光するピカピカ目も、じきつくられるのではあるまいか。

実はここまで書いて新宿へ呑みにいってしまった。友人の妹でオペラ歌手志望の大学生が長崎から上京してきたので事務所の娘らと歓迎酒宴をひらいたのだ。生ビールからはじめたが、プリマドンナの卵が長崎のむぎ焼酎を持ってきたのでビールのあとそっちにしたらいやはやうまいのなんの、ついついのみすぎてしまって、翌朝目ざまし時計でおきられなかった。ひゃあ、七時五十六分発の「のぞみ」で広島に行くのだ。時間は三十分しかない。場所は笹塚。乗りおくれると絶対にまずい。さらにひゃあといいつつ新

広島から
ふたたび
島に
にげる
そこのむさい
おっさん
下りの
エスカレーターだよ
大食堂
おくれる
ドアーッ
ドアーッ
ドアーッ

宿駅までタクシーをとばした。東京駅に着いたら残り時間あと一分ない。おじさんは走ったぞ。東京駅の中央線から新幹線のホームは一番端と端である。とび乗った直後にドアがしまった。むかし「暁の脱走」という映画があったけど殆ど起きぬけの疾走であった。

しばし荒い息でヒーハヒーハ化したが、とりあえずやった！　のだ。こういうときぴょんぴょん靴があったらもっといい勝負ができたのではないか——と思った。頭の上から車内アナウンス。

「発車間ぎわのかけこみ乗車は……」ハイ。おれのことです。すいません。これがぴょんぴょん靴だったら「はねとび乗車は……」ということになるのだが、惜しい。

頭上の悶絶声

「年末進行」がもうはじまってしまった。新年号用の小説原稿が前だおしの締切りになって集中してくる。具合の悪いことに、少々フクザツな移動をする旅行と重なってしまった。このところしばらく落ちついていたのだが、またまた移動式原稿人間をやらなければならない。とりあえずはわがスポンジ頭では少々難物の世紀末的近未来（なんかムジュンしてるかんじだな……）小説に挑まねばならない。

まずは大阪から和歌山の新宮へむかう四時間近い列車でひと勝負することにした。列車で書くのは、揺れさえ慣れてしまえば案外具合がいいものなのである。フラフラ歩き回ることもできないし、電話もかかってこないし、なによりも仕事しつつ体は目的地に向って前進している、という二つの業務を同時に行なっている、という効率的経営が嬉しい。

と、思っていたら、おじいさんおばあさんのにぎやかな団体が同じ車輌だった。お酒が入っているようで、まこと元気がいいのだ。大声でひたすら喋り、回転寿司みたいにあちこちの席をみんなしてぐるぐる動き回る。つまりは回転老人である。でもみんな嬉しそうなので「よかったねえ」という気持だった。騒々しい中で書くのは慣れている。隣の席は電車ビデオオタクみたいな中年の男で、ひっきりなしに車窓の風景や車内を撮影している。車窓を撮るときは窓側にすわっているぼくの前にカメラがむけられるので落ちつかなくなる。席を替わりましょうか、と言ったのだが、左右の車窓風景を撮るのでこの席のほうがいいのです、という。うしろはいびきのおとーさん。まあしかし、こんな程度はどうということはない。不屈の闘志でごしごしと書いていくのだ。

一番まいるのが突如頭の上から襲ってくる必要以上にコトバの多い車掌さんのガアガア声のアナウンスだ。どうもこの路線はいろんなことをいう。

「間もなく安珍清姫で有名なナントカ寺が見えてきます。ではここでアンチンキヨヒメの物語を簡単に……」

「次に見えるのはいなみのカエル橋です。ではここでその由来を……」

「もうじきナントカカントカです。梅の里、ひとめ百万かおりは十里……」

とかなんとかひっきりなしなのだ。元気な老人や必殺ビデオカメラ男にはじき慣れてしまえるが、この頭の上の突如的サービスガアガア攻撃はつらい。まあ列車の中で原稿なんか書いているお前がマヌケなのだ、と言われればそれまでなのだが、しかし何もしないでボーッと窓の外を見ている人は、ボーッと何も考えずにいるのを楽しんでいるかもしれないではないか。

これだと列車の乗客全員が安珍清姫の悲恋問題について考えなくてはならない。考えてもしかし、とりあえず我々はどうしようもないのである。車窓解説はさらにつづく。このままいくと、やがて歌でもうたいだすのではないかと心配になった。

しかし世の中にはそういう案内や解説をキメ細かいサービスとして有難いと思う人もいるわけだからむずかしいところだ。でもその日、わが車輌の大勢を占めるますます盛りあがる老人たちは自分たちの話で忙しく、殆どそのアナウンスを聞いていないようであった。そこで語られる情報を一番有難いと思うのは、ビデオカメラ男だろう、と思ったのだが、どうも彼の関心はそういう観光名所ではなく、もっぱら列車が駅へ進入していく風景と運転席（一番前の車輌だった）の様子らしいとわかった。ということはそのアナウンス

を一番まともに聞いていたのはぼくだったのである。うしろの親父はずっといびきかいて寝てるしなあ。

ところでこういうアナウンスサービスは、JRの方針なのだろうか。あるいは車掌さんの考え方によるのだろうか。車掌さんの考え方による、ということになるとヒトによっては歌までいってしまうかもしれないから、JRの方針なのだろうなあ。帰りは名古屋に向ったので、路線が変り、ここではもうそういう〝必要以上〟というのはなかった。新宮がJR東海と西日本の分岐点だから、つまりは会社の方針ということだったのだろうか。

翌日札幌へ行った。今年は雪がおそいという。大通り公園にイルミネーションが入ってなかなかいいかんじになっている。

往復、飛行機の中で書き続ける。飛行機というのは列車ほど頻繁に揺れないぶん、移動モノカキ男にとっては中々いい空間である。機長のアナウンスも短くてよい。おしゃべりな機長がいて「あっむこうの海にロシアのタンカーが見えます。すこしアブラがこぼれてるみたいです。よくないですねェ。左は釜石の港町で、今日は少々霧にけむっていいます。では『霧にむせぶ夜』を一曲……」なんてことになったらこまるからあの例の、いま高度一万メートルです——ぐらいでいい。しかしよく考えたら、もうそろそろただ今のスピードとか高度一万メートルのアナウンスもしなくていいのではあるまいか。ア

ウォース
あと20枚
どうですか
ランボー号
あと10枚
あと2枚
バーロー
なんだこの字は
あと1枚
ハアハア

レいつも人々がちょうどいい気分で睡った頃にガアガアはじまるのですよネ。

飛行機で原稿を書くとき折りたたみテーブルが有難いのだが、これを片づけさせる時間があまりにも早すぎるのではあるまいか。

その日札幌から帰るＪＡＬ便は着陸二十分前にもう「しまって下さい」なんだものなあ。ときには大人のスチュワーデスがいて「着陸する直前までけっこうですよ」と言ってくれるのだが、その日はコンビニ的マニュアルスチュワーデスで、一切の妥協がない。実際の話、着陸三分前でも大丈夫なのだろうに、やむなく膝の上で書く。わびしいのだ。

小説はある程度のってくるとイキオイをつけてどんどん書いてしまいたくなる。その方が効率がいいのだ。その日は空港から家に帰るタクシーの中でも書いた。こういう時は渋滞がかえって有難い。タクシーはアナウンスも何もないからよろしい。かくして家に帰るまでに三十枚の短編を書き終えた。鉄路空路陸路をどたどた文句まじりに動きながらの原稿だから、気の毒なのはそのヨレヨレ宇宙文字を解読しなければならない編集者である。

あとがき

子供のころ日常的に出会っていた懐しいものを思いおこしていた。なぜか夏の頃のものが多い。

いろいろある。

トーフ屋のラッパの音、自転車の三角乗り、垣根のカナブン、縁台の夕涼み、アイスキャンデー、うちわのばたばた、星空映画会、三角ベースの草野球、三角的《まと》の釘さしネンボ（地面に五寸釘をさして遊ぶ）。

うーん我々の世代はなんだか三角が多いぞ。三角関係世代なのだ。

とりわけ懐しいのが三角ベースの野球であった。

わが世代の子供の頃というのは、まだあっちこっちに空き地があって、子供らの遊び場に不自由はしなかった。

三角ベースの野球は人数が少なくてもやれるのがまず第一に大変素晴らしいことであった。二人対二人でも成立した。

満塁になってランナーが足りなくなると、実際にはそこにいなくても居ることにする「透明ランナー」というのを発明した。おじさんたちが集って、その頃の話になると、どの土地で育った人も「透明ランナー」のことは知っているから、あれは当時全国の子供らが共通して通用させていた偉大な約束ごとなのだろう。

大人になってからもどこかで丁度手頃な広さの空き地など見つけると、なんだか気持が激しくうち騒いだ。

咄嗟《とっさ》に反射的に三角ベース野球のレイアウトを頭のなかで描いてしまう。

あそこの木の手前をホームにして、このあたりが一塁で……などとやっているのだ。

そんな旅のある日、この本のなかにも書いてあることだが、そう、あれは吐噶喇《とから》列島の宝島という、名前からして大変に魅力的な小さな島の無人の漁港で、まさしく丁度いい具合の広場を見つけた。

暇なおじさんも何人かいる。

夕日が落ちるまでにはまだだいぶ時間がある。なんだか気持がむらむらしてきた。ボールさえあれば、バットはそこらの流木を削ってなんとかなる。しかしここは人口百人ちょっとの島で、店は現代よろずやふうのが一店あるだけだ。まさかそこに野球のボールはないだろう。

うーむ、といいつつ海など眺めているとふいに目に入ったものがある。波に打ち寄せられている白いボール様のものであった。とりあげてみると、それはどうやら漁網の浮きのようである。発泡スチロールの触感だが、それよりもはるかに固い。硬化発泡スチロールというようなものがあったとしたらまさしくそれだ。試しに棒切れで打ってみたら「コキン」といい音をたてて飛んだ。しかし所詮はそういう材質だから硬球のようなそんないい音をたててもたいして飛びはしない。中年の我々にはちょうどいいのである。

早速ふたてに分かれて試合開始だ。

おじさんたちはたちまち夢中になってしまった。いやはや燃えた。熾烈《しれつ》な戦い（と、本人たちは思っている）の後のノーサイドのビールがうまかったのなんの。

それからというもの、ぼくはどこかへキャンプに出掛けるとなるとこのボールを持っていく。そのころ二つの雑誌の連載仕事でキャンプにでかけることが多かったのでちょうどよかったのである。具合のいい広場をみつけるとすぐさま試合がはじまる。

すでに福井、沖縄、群馬、青森と連戦し、べつに撃破はしなかったが、確実に戦いの場をひろげているのである。

ボールがそういうものなので、どうも普通のバットを使う気にならず、いまだに最初つかった流木をけずったものをわざわざ持っていってそれを振り回している。

しかしそれにしても、四十五十のおじさんたちがわっせわっせと掛け声をかけてどたどた三角ベースを走っていくさまはひたすら面白楽しくそしてどこかペーソスにみちていてなかなかヨイのである。

問題がひとつあった。それは、その特殊ボールがそれ一個しかなく、もしこわしたり無くしたりしたらそれっきり、ということであった。

そんな思いでついこのあいだ、宮古列島にある水納島という人口五人の島にいったらその問題はいっぺんに解決した。

殆ど無人島に近いその島は殆ど人に荒らされていない。浜辺にはあちこち海亀が産卵したあとがあった。どこか東南アジアあたりから流れてきたのであろう椰子の実などがたくさん転がっている浜辺になんとあの「特殊ボール」が沢山転がっていた。しかも大きさもいろいろある。

わが突撃三角ベース団のためにありったけひろってきた。おかげでこれから毎日ほぼ一生三角ベース野球をやりつづけることができるくらいのスペア備蓄ができた。しかしそんなことをしたら球を使いきるまでに確実に我々のほうがボロボロに壊れて死滅していくであろう。

一九九八年五月　秘密の三角広場の片隅で

椎名　誠

文庫版のためのあとがき

これまで帽子というものをあまりかぶらなかった。家には一個もなかった。ところで帽子は一個二個と数えるのだったか。どうも違うような気がするな。一頭二頭などとは言わないだろうし。まあいいか。あまり関心がないからつまりこの程度だ。どうして帽子をかぶらなかったのだろうか。中学の時までよくかぶっていた。学校がうるさかったからですね。とくにぼくのクラス担任のベートーベンがうるさかった。この先生は規則の人だった。奇跡の人だと感動するのだけど。

高校になるとそんなにうるさくなかったので、中学の頃の反動でかぶらなくなった。以来ずっと帽子についてはどうでもいい人生になった。

ところがここにきて急に帽子をかぶるようになった。理由はこの本のタイトルのように近頃よく野山で三角ベースをやるからだ。南島の海岸などは日ざしが強い。あの野球帽というのはよくできていて、守備の時も攻撃の時も頭のちょっとした上げ下げによってヒサシでうまく太陽の光をカットすることができる。なるほど実戦型なのである。雨模様や寒いときにも効力を発揮する。急に愛用するようになってしまった。夜などひさしの深い帽子をかぶったまま居酒屋などにいくとあまり会いたくない奴がいても気がつかれなくていい、という思わぬ効果も発見した。

しかし問題もあった。もともと慣れないものなので、いったん帽子をぬいでしまうとすぐにそれを忘れてしまうことである。酔っていたりするとてきめんだ。ほんの半年ぐらいのうちに四つもなくしてしまった。帽子の数え方はひとつふたつでよかったんだっけ。一頭二頭と数えるんだとしたら四頭なくしてしまった。それぞれ気にいっていたんだけどなあ。今でこそ男のかぶる帽子はこの野球帽とゴルフ帽みたいなやつ、あとはときおりこだわりのハンチングなどを見る程度になってしまったが、明治の頃などは中折れのソフト帽などは紳士の身だしなみで、そういえばぼくの父親はいつもかぶっていた。あの人は紳士だったのだろうか。

そういえば明治の男たちはさらにマントなどもはおっていたではないか。新宿赤マントとしてはあの身だしなみの、そしておしゃれとしてのマントをはおっていた時代というのが大変うらやましい。ファッションは歴史のなかでおおきく繰り返される、というからこれから我が老後のどこかで急にマントが復活するということはないだろうか。そうなったら年齢的にもちょうどステッキや杖などが持ち頃である。

野球帽に赤マントをはおり、ちょっと硬めの杖を持ち歩き、隙をみてはその杖でそこらの石などをカキーンと叩きとばして静かに逃げ去る、などという激しくもハタ迷惑なわが老後に期待を抱きたい。

二〇〇一年春　帽子日和に

椎名　誠

解説

沢野ひとし
（イラストも）

光陰矢の如し——の言葉どおり、江戸川の河川敷でおこなわれた第一回ソフトボール大会はすでに三十七年前の話である。

私も若かったが、椎名誠も木村晋介も満開の桜の花のように輝いていた。あれは十九歳の秋のことであった。それまで四季折々に相撲大会、プロレス大会、小型映画会と椎名を中心に催し物、イベントめいた集まりをおこなってきた。

千葉から東京・中野に引っ越した私は、時間があると高校時代の同級生で千葉の幕張に住む椎名の家に行っては寝とまりをくりかえしていた。海岸で空気銃を撃ったり、椎名の悪友と神社の境内でたむろしていたりと、遊ぶことといっても、愚にもつかぬ日々をすごしていた。そして本格的になにもすることがなくなると、椎名はガリ版の印刷器をとりだし、卒業した高校の友達にプロレス大会などのチラシを刷り送りつけていた。

私が中学時代から親しかった木村晋介にもついでにと送ったりした。もうその頃すでに弁護士をめざして、六法全書をかかえ勉強の毎日を送らなくてはならなかった木村だが、「プロレス大会が千葉であるけどやらない」と私が電話すると「アイヨー」と気軽に椎名宅にやってくるのであった。

将来をハッキリみつめ一歩一歩けわしい山を登りはじめようとしていた木村晋介ではあったが、一升ビンや時にはギターを手に集会にあらわれた。

ある日、木村・沢野の東京グループと椎名ひきいる千葉グループと東西ソフトボール大会をしようということになった。どんな理由にしろ遊ぶことに関しては積極的な椎名は「東西大会か」とやけに興奮していた。例によって椎名はガリ版の印刷器をとりだし、チラシをつくり、場所は東京と千葉のまん中、市川市の江戸川の河原でおこなうことに決定した。グラウンドは市川に住む友達にたのみ、小岩駅からのバスの時刻もしらべた。酒のみの椎名はソフトボール大会のあとの宴会進行もあれこれ考えていた。余興として木村の得意な落語も入れておいた。こういう計画を考えている時の椎名は異常ともいうべき集中力を出し、チラシづくりのための徹夜作業も眼をかがやかせてやるのであった。

当日の日曜日は澄んだ秋空がひろがり、絶好の行楽日和であった。私たちの東京グループは中野駅に十名ほどあつまり、バットやグローブ、一升ビンを手に小岩駅にむかった。高校時代を千葉ですごしていた私の友達はすくなく、木村が通っている杉並の高校の卓球部や同級生の友達がほとんどであった。

江戸川の野球場は広々とした河川敷にあったが、今ではソフトボールの内容はなにも思いだすことができない。椎名はピッチャーで私はたしか外野だった。そのあとおこなわれた宴会で椎名が飲みすぎ青い顔をしていた記憶がある。その頃は一滴も酒をうけつけなかった私は、一升ビンがならぶ光景を、ただ黙って見つめるしかなかった。未成年の少年たちが酒を飲み、歌をがなる姿は、他人にはどう映ったかわからないが、あれが青春時代というものだろう。

たしかその夜は椎名にひきずられるように彼の家に何人か寝とまりをしていった。ソフトボールをし、宴会をしても、まだ友と離れることができないのか、たしか次の日の夜も椎名宅で酒もりがおこなわれたはずである。

若いということはめっぽう時間があるのか、椎名宅にはいつも居候のような者がせまい部屋にたむろし、朝から晩までとりとめもない話に笑いころげていた。

そして「幕張ジャーナルの会」「東日本何でもケトばす会」「あやしい探検隊」「いやはや隊」と椎名誠の本質はなにもかわらず、ついに「ウ・リーグ」に到達した。漁師たちが海で使う浮き玉を利用した三角ベースになにげなく参加した椎名は「こいつはおもしろい」と五十歳をすぎて気がつき、中年おやじグループをひきこみ、今や「ウ・リーグ」は日本各地に五十をこえるチームが戦いを繰り広げているのだ。

私はもちろん何度か浮き玉を使った野球を椎名としてきたが、それは旅に行った時の空いた時間を利用したほんのあそびであった。あそびをあそびでおわらせないのが椎名の実力なのか、浮き玉野球の独特なルールを決め、今や浮き玉野球がおこなわれる日程もインターネットをつかい全国に及んでいるという。

すべてのことに名前をつけることが天才的にうまい椎名は、チームの名にも工夫がある。「銀座あぶハチ団」（東京）「新宿ガブリ団」（東京）「なにわカミユイ団」（大阪）、と笑える名前が多い。

最初の頃はむさくるしい中年おやじの野球チームだったが、しだいに老若男女が入りまじり、他の野球にはみられない形態を見せはじめてきた。

いつも顔を合わせている編集者がある日「ウ・リーグ」に参加してからとりこになり、休日になると全国をとびまわっている。そこまで夢中にさせるものはなんなのか、私にはもう一歩深いナゾがわからなかったが、どうも戦いのあとの宴会にあるようだ。各地の銘酒を手に「ウ・リーグ」に参加するのは暗黙の了解になっているため、ひどく盛り上がるらしい。

「サーノさんも来て下さいよ」

「………」私は中年おやじの友達をもうこれ以上ふやしたくなかった。できることなら静かに一人で山登りをしたかった。

「若いギャルもふえてきましたよ」

「なに」私はウ・リーグの浮き玉野球についてこのごろのくわしい情報はしらなかったのだ。

「嘘つけ、おやじばっかりのあつまりだろう」

「ちがいますよ、あでやかな美女もいるのですよ」

「うーん」

眼がどんよりとにごった編集者は「若いギャルですよ」と正しくない日本語でなおもおいうちをかけてきた。

「そういえばこのところ運動不足だしな」私は首の骨をポキポキとならした。都下の町田に住んでいるので、もしチームを作るならば「町田ドサクサ団」にしようとチラリと頭をかすめた。にごった眼がスーッと細くなり、相手はニヤリと笑った。

「ユニフォームは不気味な中年おやじがバットを肩にしたイラストをつけようかな」と私が明るい声をだすと、うなだれながらビールを口にしていた。

「あれから三十七年か」私はウ・リーグのことを思うと、まるで高山病にかかったようなけだるい頭で、江戸川の河川敷のソフトボール大会のことをしきりに思いだすのであった。


（イラストレーター）

初出　『週刊文春』　一九九七年二月二十七日号〜一九九七年十二月十一日号
単行本　一九九八年七月　文藝春秋刊

文春文庫

突撃《とつげき》 三角《さんかく》ベース団《だん》

定価はカバーに
表示してあります

2001年6月10日 第1刷

著 者 椎《しい》 名《な》 誠《まこと》

発行者 白川浩司

発行所 株式会社 文藝春秋

東京都千代田区紀尾井町 3-23 〒102-8008
TEL 03・3265・1211
文藝春秋ホームページ http://www.bunshun.co.jp
文春ウェブ文庫 http://www.bunshunplaza.com

印刷・凸版印刷 製本・加藤製本

Printed in Japan
ISBN4-16-733416-X

文春文庫

椎名誠の本

（　）内は解説者

場外乱闘はこれからだ
椎名誠

スポーツを過激に楽しむには？　正しいオジサンとして生きるにはどうしたらよいか。当代随一の冒険家が、すべての活字中毒者とスポーツ好きに捧げる半径五キロの体験的過激ルポ。

し―9―1

赤眼評論
椎名誠

デカパンはなぜ廃れたか。目クソ、鼻クソ、耳クソのうち一番汚いのは？　日本人にはなぜサングラスが似合わないかなど、身辺雑事を深くドーサツする無類の評論集。　（沢野ひとし）

し―9―2

イスタンブールでなまず釣り。
椎名誠

五メートルの大なまずがいるときいたなまず博士とぼくらはイスタンブールに飛んだ。サカリヤ川に挑んで深夜の襲撃、トルコ風呂の逆襲に苦しむ。旅と冒険のエッセイ九篇。　（松坂實）

し―9―3

胃袋を買いに。
椎名誠

去年死んだ母が〝盆戻り〟で家に帰ってきた。突然、すべての文字が見えなくなった。超常異常が起こるのだ！「胃袋を買いに。」「猫舐祭」「八灘海岸」「家族陥没」他七篇。　（和田誠）

し―9―4

ハマボウフウの花や風
椎名誠

初めて女に書いた手紙、ケンカに明け暮れた少年時代、アヒルと暮した湖畔の夏……二度とない季節を描く短篇集。表題作の他、「倉庫作業員」「皿を洗う」「三羽のアヒル」「温泉問題」「脱出」。

し―9―5

ひるめしのもんだい
椎名誠

日本全国を飛びまわる著者が、めし関係にはじまる人生の重大瑣事、過激な立腹、密かなる娯しみをぎっしり語る風雲エッセイ。週刊文春連載〝新宿赤マント〟待望の文庫化。（沢野ひとし）

し―9―6

文春文庫

椎名誠の本

（　）内は解説者

椎名誠
おろかな日々
八丈島での焚火宴会、「日本SF大賞」の賞金百万円の使い途、好きなマンガの大考察、八ヶ岳で氷の滝登り、チリで聞いた井上靖氏の訃報……反省と野望を語る三十九篇。（沢野ひとし）
し-9-7

椎名誠
モンパの木の下で
通信販売でヨロコビの買い物をする、息子のプロボクシングデビュー戦、全国の椎名姓が集まる「椎名会」に参加、ザマミの海で感動の濃厚ビールを飲む……爽快エッセイ集。（沢野ひとし）
し-9-8

椎名誠
南国かつおまぐろ旅
鹿児島でカツオのうまさにうちふるえ、大阪の公園では風に吹かれてノンビリ昼寝。ああ、人生はつづき、シーナの日本全国ジグザグ旅もまだまだつづくのであった。（沢野ひとし）
し-9-9

椎名誠
トロッコ海岸
少年時代。輝かしく懐かしい〝ぼくらの時〟をさまざまな手法で描く、満開シーナ・ワールド！——表題作の他、「ほこりまみれ」「ポウの首」「殺人との接近」「映写会」など十篇。（池上冬樹）
し-9-10

椎名誠
ネコの亡命
モンゴルでネコの姿を見かけないのはなぜなのか？　映画「白い馬」の撮影でひと夏をすごした大草原でのロケ暮らしに北国に完成した別荘の雪中試し住み…痛快エッセイ集。（沢野ひとし）
し-9-11

椎名誠
時にはうどんのように
椎名誠は新宿のデジタル時計とあやしい関係だった！　衝撃の事実が明らかになった「二二二回記念」など、椎名誠の秘密と魅力がたっぷり詰まったエッセイ集。（沢野ひとし）
し-9-12

文春文庫

随筆とエッセイ

（　）内は解説者

男の肖像
塩野七生

人間の顔は時代を象徴する。幸運と器量に恵まれた歴史上の大人物、ペリクレス、アレクサンダー大王、カエサル、織田信長、千利休、西郷隆盛、ナポレオンなど十四名を描く。（井尻千男）

し-24-1

男たちへ
フツウの男をフツウでない男にするための54章
塩野七生

インテリ男はなぜセクシーでないか？　嘘の効用、男の色気と涙について——優雅なアイロニーをこめて塩野七生が男たちに贈る毒と笑いの五十四のアフォリズム。

し-24-2

再び男たちへ
フツウであることに満足できなくなった男のための63章
塩野七生

容貌、愛人、政治改革、開国と鎖国、女の反乱、国際化——日常の問題から日本及び世界の現状までを縦横に批評する幅の広さ、豊かな歴史知識に基づく鋭い批評精神と力強い文章が魅力。

し-24-3

誰のために愛するか（全）
曽野綾子

その人のために死ねるか——真摯にして厳しい問いの中にこそ、本当の愛の姿が見える。嫁と姑。息子と母親。友人。夫婦。人間同士の関係が不思議で愛しくなるエッセイ集。（坂谷豊光）

そ-1-19

男ざかりの美学
桐島洋子

日本の風土がはぐくんだいとしき中年男性たちのあるがままの現実を凝視して、するどい洞察力、あたたかな包容力、そして独断と偏見とで、その魅力を探る男の品定めエッセイ。

き-2-5

聡明な女は料理がうまい
桐島洋子

すぐれた料理人の条件は、果敢な決断と実行、大胆で柔軟な発想、明晰な頭脳だ。女性は男並みの家事無能者になってはならない。すぐれた女性はすぐれた料理人なのだ。（桐島かれん）

き-2-7

（　）内は解説者

沢木耕太郎
夕陽が眼にしみる
象が空をⅠ

これからいくつの岬を廻り、いくつの夕陽を見ると、日本に辿り着けるのだろう……。ノンフィクションにおける「方法」と真摯に格闘する日常から生まれた、珠玉の文章群。（一志治夫）

さ-2-10

沢木耕太郎
不思議の果実
象が空をⅡ

インタヴュアーの役割とは、相手の内部の溢れ出ようとする言葉の湖に、ひとつの水路をつなげることなのかもしれない……。デビュー以来、飽くことなく続く「スタイルの冒険」。（和谷純）

さ-2-11

沢木耕太郎
勉強はそれからだ
象が空をⅢ

ただの象は空を飛ばないが、四千二百五十七頭の象は空を飛ぶかもしれないのだ……。事実という旗門から逸脱する危険性を孕みながら、多様なフォームで滑走を試みた十年間。（小林照幸）

さ-2-12

星野道夫
旅をする木

正確に季節が巡るアラスカの大地と海。そこに住むエスキモーや白人の陰翳深い生と死を味わい深い文章で描くエッセイ集。「アラスカとの出合い」「カリブーのスープ」他全33篇。（池澤夏樹）

ほ-8-1

宮脇俊三
汽車旅は地球の果てへ

鉄道ファンなら一度は乗ってみたい世界の鉄道のなかでも、その難しさにおいて屈指の鉄道に挑む。アンデスの高山列車、サバンナの人喰鉄道、フィヨルドの白夜行列車など六篇を収録。

み-6-3

宮脇俊三
失われた鉄道を求めて

赤字路線の廃止や合理化で懐しい鉄道が次々と消えてゆく。沖縄県営鉄道、耶馬渓鉄道、草軽電鉄、出雲鉄道など草に埋もれた軌道で往時を偲び、世の移り変りを実感する。（中村彰彦）

み-6-4

文春文庫

随筆とエッセイ

（　）内は解説者

最後のひと
山本夏彦

かつて日本人の暮しの中にあった教養、所作、美意識などは、いまや跡かたもない。独得の美意識「粋」を育んだ花柳界の百年の変遷を手掛りに、亡びた文化とその終焉を描く。（松山巖）

や-11-8

「豆朝日新聞」始末
山本夏彦

汚職は国を滅ぼさないが、正義は国を滅ぼす！「安物の正義」を売る大新聞を痛烈に嗤いのめした表題作ほか、辛辣無比の毒舌と爽快無類のエスプリの〝カクテル〟五十九篇。（長新太）

や-11-9

愚図の大いそがし
山本夏彦

〝人生教師〟たらんとした版元の功罪を問う「岩波物語」、山本流文章術の真髄を明かした「私の文章作法」など、世事万般を俎上に胸のすく筆さばきの傑作コラム五十六篇。（奥本大三郎）

や-11-10

私の岩波物語
山本夏彦

岩波書店、講談社、中央公論社以下の版元から電通、博報堂など広告会社まで、日本の言論を左右する面々の過去を、自ら主宰する雑誌の回顧に仮託しつつ論じる。（久世光彦）

や-11-11

世はメ切
山本夏彦

「人ノ患《ウレ》イハ好ミテ人ノ師トナルニアリ」と記す「教師ぎらい」、戦前の世相風俗を描いた「謹賀新年」「突っこめ」、現代を抉る「Jリーグ」「小説の時代去る」など名コラム満載。（関川夏央）

や-11-12

『室内』40年
山本夏彦

著者が編集兼発行人をつとめる雑誌「室内」の歩みを振り返り、自らの戦中戦後を語る。「思い出の執筆者たち」「美人ぞろい才媛ぞろい―社員列伝」「戦国の大工とその末裔」など。（鹿島茂）

や-11-13

たのしい話いい話1
文藝春秋編

岡部冬彦、常盤新平、山川静夫、石川喬司、矢野誠一ら粋人十人が披露する、古今東西有名無名、様々な人々の佳話逸話。「オール讀物」の人気コラム「ちょっといい話」文庫化第一弾。

編-2-15

たのしい話いい話2
文藝春秋編

吉行淳之介のラーメン談義、チャーチル一世一代のウソ、芥川比呂志の小咄、マッケンローの潔癖性など、各界の著名人の愉快なエピソードを満載。「ちょっといい話」文庫化第二弾。

編-2-16

無名時代の私
文藝春秋編

誰だって、初めから脚光を浴びていたわけではない。夢を追いつつ満たされない日々、何をやろうか模索していた時……有名人69人が自らの苦しく、懐しい助走時代を綴った好エッセイ集！

編-2-17

心に残る人びと
文藝春秋編

誰でも、貴重な出会いのシーンや忘れられないあの人の思い出が、ひとつぐらいは胸に浮かぶもの……。遠藤周作、佐藤愛子、岸田今日子、辻邦生ら著名人75人が語る出会いのエッセイ集。

編-2-21

オヤジとおふくろ
文藝春秋編

各界著名人がオヤジ、おふくろの思い出を綴る「文藝春秋」の長寿連載から、百篇を厳選。荒木経惟、久世光彦、中島らも、美輪明宏、群ようこ、森毅、渡辺えり子……を育てた人はこんな人！

編-2-28

あの人この人いい話
文藝春秋編

通りすがりの少女の厚意から著名人の意外な素顔まで。魅力溢れる人々を山川静夫、矢野誠一、水口義朗、山根一眞がするどい観察眼で描き出す「ちょっといい話」文庫化第三弾。

編-2-29

明治のベースボール
日本エッセイスト・クラブ編
'92年版ベスト・エッセイ集

「手ぬき世代の味覚」、「頭のよすぎる馬」など、身近な心あたたまる話から、環境、高齢化社会の問題までを軽妙なエッセイに託し、全国の有名無名の人々が綴った名品六十篇を収録。

編-11-10

中くらいの妻
日本エッセイスト・クラブ編
'93年版ベスト・エッセイ集

懐かしい昔の味が甦る「支那そば」、本棚に隠した金を探してくれ――「父の遺書」に秘められていた謎をどう解いたか等々、人生の織りなす哀歓を描きつくした珠玉のエッセイ六十二篇。

編-11-11

母の写真
日本エッセイスト・クラブ編
'94年版ベスト・エッセイ集

年間ベスト・エッセイのシリーズ化、十二冊目。書かれるテーマは毎年、似ているようで、確実にそれぞれの時代を反映している。時の移ろいと変わらぬ人の心を見事に捉えた六十一篇。

編-11-12

お父っつあんの冒険
日本エッセイスト・クラブ編
'95年版ベスト・エッセイ集

宇野千代さん晩年のエッセイ「私と麻雀」、漱石の名作を枕に〝論証〟を試みた「『こころ』の先生は何歳で自殺したのか」など、選び抜かれた六十四篇のエッセイ名鑑'95年版。

編-11-13

父と母の昔話
日本エッセイスト・クラブ編
'96年版ベスト・エッセイ集

明治・大正の人々を絶妙に描く森繁久彌の表題作ほか、司馬遼太郎「本の話」、田辺聖子「ひやしもち」、林真理子「理系男と文系男」など世相を映し著者と読者を共感でつなぐエッセイ65篇。

編-11-14

司馬サンの大阪弁
日本エッセイスト・クラブ編
'97年版ベスト・エッセイ集

大作家が相次いで亡くなった96年。田辺聖子「司馬サンの大阪弁」瀬戸内寂聴「孤離庵のこと」の他、「娘の就職戦争」「ボランティア棋士奮戦記」など、激動の世相を映す六十一篇を収録。

編-11-15

随筆とエッセイ

（　）内は解説者

たのしい・わるくち
酒井順子
悪口って何でこんなに楽しいの？　自慢しい・カマトト・慇懃無礼……あなたの周りの女性たちの化けの皮を剝ぐ、人気コラムニストのイジワルな視線と超一級の悪口の数々。（長嶋一茂）
さ-29-1

幸せな朝寝坊
岸本葉子
不動産屋にイビられ、老後のことも気になり出した一人暮らしの三十代。大変なことも多々あるけれど、やっぱり機嫌良く暮したい。日常の喜怒哀楽を率直に綴ったエッセイ集。（白石公子）
き-18-1

30前後、やや美人
岸本葉子
若さあふれる20代とはちがうけど、今の自分も嫌いじゃない。「マンションを買う」「コインロッカーおばさん」「自分の声は好きですか？」など共感エッセイ85篇。（平野恵理子）
き-18-2

テレビ消灯時間
ナンシー関
消しゴム版画の超絶技巧とピリリと辛い文章で、うのが、なお美が、鶴太郎が、ヒロミ・ゴォウが情け容赦なく切り刻まれる。〝テレビ批評〟の新たな地平を拓いたコラム集。（関川夏央）
な-36-2

わたしってブスだったの？
大石静
失恋はいい女の条件だ！　別れた男女は遠い親戚？　「あなた好みになりたい」は不健康。不倫のｓｅｘはなぜいいのか？　人気脚本家による大胆素敵な体験的恋愛論。（残間里江子）
お-21-1

男こそ顔だ！
大石静
幼稚園から名門女子大の付属に通った〝良家の子女〟はいかにして人気シナリオ・ライターになったか？　大人の恋愛論からＴＶ界の内緒話まで、話題満載の痛快エッセイ集。（麻生圭子）
お-21-2